Paris
1829

Goethe, Johann Wolfgang von

Faust, ou les premières amours d'un métaphysicien romantique

FAUST

OU

LES PREMIÈRES AMOURS

D'UN

MÉTAPHYSICIEN ROMANTIQUE,

PIÈCE DU THÉATRE DE GOETHE, ARRANGÉE POUR LA SCÈNE FRANÇAISE.

EN QUATRE ACTES, EN PROSE.

(Par Rousset, d'après Barbier

Ces messieurs la plupart sont étrangement faits:
Dans la juste nature on ne les voit jamais ;
La raison a pour eux des bornes trop petites,
En chaque caractère ils passent ses limites.
L'amour même, l'amour, ils le gâtent souvent
Pour le vouloir outrer et pousser trop avant.
Que cela vous soit dit en passant....

A PARIS,

CHEZ PÉLICIER ET CHATET, LIBRAIRES,
PLACE DU PALAIS-ROYAL, A CÔTÉ DU CAFÉ DE LA RÉGENCE.

1829.

AVIS.

Je me suis amusé à arranger *Faust* pour la scène française ; j'en ai fait une petite pièce que je ne sais trop comment nommer, car elle appartient à la comédie et au drame.

L'existence d'un bon ou d'un mauvais principe est une hypothèse ; et comme nous ne sommes plus au bon vieux temps où l'on mettait sur la scène la Vierge et les saints, où l'on croyait au diable, j'ai réduit Méphistophélès aux proportions d'un simple mortel : peut-être l'ai-je rendu méconnaissable ?

Chaque homme a tout à la fois son bon et son mauvais côté : pourquoi donc supposer un être toujours méchant, un être surhumain qui ne tienne que le mal en entreprise ? pourquoi ne pas représenter plutôt un homme bon ou mauvais suivant les circonstances, suivant l'impulsion de son organisation ?.. Mettre le Diable sur la scène, c'est personnifier un souverain imaginaire d'un monde supposé ; et lui faire recruter des âmes, c'est lui donner une occupation assez analogue à celle de M. Berbiguier de Terre-Neuve du Thym (1).

Cimbar (Méphistophélès), espèce de Figaro de bague, a lu et relu les ouvrages de plusieurs philosophes assez connus du dix-huitième siècle. Pénétré de leurs idées, il les répète dans sa scène avec l'étudiant, et les répète même parfois mot à mot. Dans cette scène, quelques personnes pourront lui reprocher des vérités un peu dures, des exagérations choquantes ; mais pouvait-il tenir un autre langage ? un galérien philosophe devait-il parler comme un enfant de chœur ?

Cimbar donne à l'étudiant des conseils pour parvenir en médecine, pour captiver la confiance des femmes : ces *conseils sont de Goëthe*. Pour des motifs particuliers, j'en préviens les personnes qui n'ont point lu cet auteur et qui pourraient me les attribuer.

---

(1) M. Berbiguier de Terre-Neuve du Thym passe sa vie à attraper au vol, avec deux brosses, les farfadets qui voltigent dans l'air, c'est-à-dire des esprits aériens, qui ont sur l'homme une grande influence. Il a publié là-dessus plusieurs volumes in-8°.

Enfin, MM. Stapfer, le comte de Sainte-Aulaire et Gérard ont traduit Faust. Chacune de ces traductions a son mérite, et les personnes qui voudront connaître l'ouvrage de Goëthe, ce *cauchemar de l'esprit*, ce *chaos intellectuel*, seront enchantées de les lire. M. Antoni Béraud en a fait un mélodrame dont le succès est justifié par d'heureux changemens, par de grandes beautés.

PERSONNAGES.

FAUST, âgé de trente-cinq ans.
CIMBAR, âgé de quarante-six ans.
MARGUERITE.
MARTHE, sa voisine.
LISETTE, jeune fille, du même village.
VALENTIN, soldat, frère de Marguerite.
Un étudiant.
Le peuple.

La Scène est à Wittemberg.

IMPRIMERIE DE PLASSAN ET CIE, RUE DE VAUGIRARD, N° 15.

FAUST.

ACTE PREMIER.

*Le Théâtre représente un laboratoire gothique rempli de livres et
d'instrumens de sciences.*

SCÈNE PREMIÈRE.

CIMBAR, *seul.*

*(Il entre en lisant, et, tout en continuant de lire ou de feuilleter son
livre, il dit :)*

Docteur, je vous rapporte vos livres ; je viens d'en recevoir avec
les Mémoires de Vidocq. (*Regardant autour de lui.*) Eh! il n'y a
personne? Il va sans doute rentrer, asseyons-nous. A propos de
mémoires, tout le monde se mêle d'en publier; je veux aussi
écrire les miens. Esquissons ma vie : (*Il écrit sur son album.*) «Fils
de menuisier, j'ai été élève au Prytanée, sous-lieutenant, capi-
taine, déserteur, voleur, évêque, commissaire-général, chirurgien
ambulant, frère de la doctrine chrétienne, jésuite à Montrouge,
et maintenant galérien!» (*Cessant d'écrire.*) Oui! sorti de la foule
du peuple, je me suis élevé aux dignités! Je serais aujourd'hui
pape ou empereur, sans les circonstances et les gendarmes qui
m'ont arrêté! Bah! pour conduire l'homme, pour gouverner ce
petit roi de la création, il suffit de le connaître et de le mépriser.
Ce dieu de la terre, on l'enchante, on l'éblouit, on l'aveugle par
de l'audace, du génie et du sang-froid. Oui, de l'audace! et l'on
vient à bout de tout! Vivent les gens de cœur!.. (*Écrivant.*) « J'ai
volé cent mille francs à un inspecteur-général, soixante-dix mille
francs à un commissaire des guerres, quatre-vingt mille francs à
un fournisseur d'armée, et deux cent mille francs à un ministre
des finances, qui avait volé au gouvernement... qui sait combien
de millions?» (*Cessant d'écrire.*) J'ai volé de grands voleurs!... je

n'exploite guère que les hauts personnages, ces gros ventrus, qui s'imaginent que les lois ne sont faites que pour le peuple, pour la canaille. Je suis une espèce de voleur diplomate; et, pour être voleur en titre, il ne m'a manqué qu'une nomination et un porte-feuille..... Je suis à ma quatrième évasion, et, en conscience, je ne pouvais rester plus long-temps à Rochefort. On m'avait accouplé avec des misérables dont les goûts crapuleux sympathisaient peu avec mes habitudes de bon ton... tandis qu'à Wittemberg je suis presque l'homme à la mode : je m'introduis dans les meilleures sociétés, et, de tous les Wittembergeois, Faust, l'homme le plus sauvage et le plus retiré m'amuse le plus... Je me suis mis au nombre de ses élèves... Nous faisons de la métaphysique; à force de disserter sur l'essence de l'homme, sur ses facultés, sur sa destinée, je fais quelquefois un retour sur moi-même, et quand je songe à ma vie, je ne me conçois vraiment pas; mon caractère est indéfinissable! Assemblage monstrueux de qualités et de vices, de vertus et de crimes, de talens funestes et heureux, mon cœur est alternativement dominé par le ciel et l'enfer! on dirait le génie du bien et le génie du mal dans un même corps, dirigeant le même homme tour à tour; l'un l'éclaire, l'autre l'aveugle; l'un lui plaît et le conseille, l'autre lui fait horreur et le subjugue. Mon corps est celui de deux êtres, de deux esprits, de deux âmes, de deux hommes! Ange et démon, j'habite le ciel et l'enfer!... Avide de lumières, de sciences et de talens, je m'instruis, je m'éclaire avec une rare facilité. Les chefs-d'œuvre de poésie, de littérature et de philosophie sont pour moi d'immenses trésors où je puise abondamment. Je les admire, je les adore, je les trouve éblouissans de lumières; leur clarté me plaît, m'enchante, me ravit! et, jouet misérable d'une funeste organisation, les circonstances me conduisent presque toujours au malheur et au crime! Enfin, homme de bien par raison, je suis scélérat par occasion. Ne puis-je donc être l'un et cesser d'être l'autre? Des deux âmes qui habitent dans mon sein, l'une ne peut-elle dompter l'autre, la paralyser et l'anéantir? Suis-je homme ou machine? Bizarre existence! (*Il s'assied.*) La nature se plaît à placer ainsi certains hommes entre le bien et le mal; la vertu et le crime se les arrachent. La nature! elle nous fait de précieux dons; mais, en revanche, elle lève sur nous de singuliers tributs. Faust, par exemple, Faust, ce pauvre fou, ne sait ni boire ni manger comme un autre : ambitieux d'un bonheur idéal, il s'efforce de comprendre les mystères de la nature; dédaigneux des jouissances humaines, il rêve des jouissances célestes. Il s'indigne ! il ne peut comprendre cette soif de l'infini qui le dévore, et l'impossibilité de l'éteindre. Ne pouvant réaliser ses rêves, il se décourage et se dégoûte de la vie ; il doute de l'immortalité et invoque la mort au hasard de rencontrer le néant. Faust est perdu si on ne le guérit de cette exaltation gigantesque ou germanique, comme on voudra. Mais le voici... toujours rêveur...

(Cimbar se retire au fond du laboratoire.)

SCÈNE II.

FAUST et CIMBAR *dans le fond.*

(Faust entre la tête baissée, les bras croisés ; il marche d'un pas grave et lent ; il est absorbé par la réflexion et n'aperçoit point Cimbar.)

FAUST.

Toute ma vie, chaque nuit, dans mes rêves, une voix mystérieuse m'a dit : « Sors de la sphère commune ! franchis les portes qui sé» parent le domaine de l'homme d'un monde inconnu ! salue l'au» rore d'un jour nouveau ! entre dans la carrière éblouissante, » infinie qui s'ouvre devant toi ; dirige-toi vers ces sphères où » règne une éternelle activité ! déchire le voile de la nature, cherche » son sein ! si elle te sourit, si son esprit se révèle au tien, tu » sentiras sa puissance... Pénètre aux sources de la vie ! ton in» telligence est sans force, ton cœur est sans feu : viens y puiser » une vie inconnue, une vie pure et heureuse ! Courage, jeune » amant de la science ! » Eh bien ! pendant vingt ans, au sortir de l'adolescence, fuyant le monde, je suis resté à me morfondre dans ce laboratoire ; je m'y suis desséché ! j'y ai consumé mes forces ! Constamment occupé à dévorer ces ouvrages (*il montre les livres qui l'entourent.*), ma tête se fend, mon esprit s'épuise ! Oui ! j'ai cherché la science dans tous ces livres ! J'ai étudié la philosophie, le droit, la médecine et, pour mon malheur, la théologie ! A quoi tant de connaissances m'ont-elles servi ? à être appelé docteur, à passer pour un homme supérieur ! Pourtant qu'ai-je fait ? J'ai soufflé sur des monceaux de cendres pour y allumer quelques étincelles. Qu'ai-je appris ? à apprécier l'ignorance de l'homme, sa faiblesse, sa folie ! En résumé, je ne sais que ce qu'on savait avant moi ; pas autre chose ! A la vérité, je ne crains plus ni diable ni enfer..... Mais je ne connais point l'univers, le mystère de son existence, son architecture, ses forces motrices, ses causes premières, l'origine de tout! Cependant j'ai étudié la métaphysique nuit et jour!... Il ne me reste plus qu'à me jeter dans la magie... (*Mettant l'index sur son front.*) Là... quelque chose m'a toujours dit : «Le monde des esprits n'est pas fermé pour toi.» Si je les invoquais? si, m'ouvrant les yeux, ils me dévoilaient les entrailles de la nature?..... Oui! j'enfoncerai les portes devant lesquelles chacun recule en frémissant! je ne tremblerai point devant ce gouffre affreux que l'imagination a peuplé d'épouvantables fantômes! je prouverai que le courage d'un homme ne le cède point à la grandeur de Dieu!

(Cimbar, qui était resté au fond du laboratoire, sort.)

SCÈNE III.

FAUST, *seul.*

(Il ouvre un grand livre in-folio posé sur un pupitre et lit.)

« Au commencement était la parole, au commencement était la volonté... » (*Cimbar, qui était sorti par la porte du fond, la fait aller et venir; les battans frappent fortement.*) D'où vient ce vacarme? qu'y a-t-il donc à cette porte? (*Il va la fermer et revient au pupitre.*) « Au commencement était la volonté, au commencement était la parole, au commencement était la force...» (*la porte frappe avec un bruit plus grand. Faust, se retournant.*) Encore?... (*Reprenant son invocation.*) « Au commencement était la volonté, au commencement la force...» Allons, je ne sais plus où j'en suis! (*La porte continue d'aller et venir.*) Mais cette porte ne peut donc rester fermée? (*Il va encore la fermer, revient au pupitre et lit rapidement.*) «Au commencement était la parole, la volonté, la force et l'action!» (*La porte est frappée encore plus fortement. Faust court à la porte, et, l'examinant de haut en bas :*) Cette maudite porte le fait exprès. Dieu me pardonne!

(Aboiemens, hurlemens. Cimbar entre par une porte latérale.)

FAUST, *dans les coulisses.*

Ah! c'est toi, barbet? Tiens-toi donc en repos! sois donc tranquille. Ne cours pas çà et là auprès de la porte; qu'y flaires-tu? Va te coucher derrière le poêle.

(Il fait entrer le chien, qui va se cacher derrière le poêle; il ferme la porte à clef, met la clef dans sa poche et revient au pupitre. Cimbar sort par la porte de côté en la faisant frapper.)

FAUST, *allant la fermer.*

Encore celle-ci! (*Il la ferme, en met aussi la clef dans sa poche et retourne au pupitre.*) « Au commencement était la parole, au commencement était la volonté, au commencement était la force, au commencement était l'action. » (*Les hurlemens recommencent. Faust va derrière le poêle.*) Ne grogne donc pas ainsi, maudit barbet! (*Hurlemens plus forts et d'un autre genre.*) Encore plus fort! silence, barbet! ou je vais te roussir avec le feu sacré! (*Hurlemens plaintifs.*) Tu as l'air de te plaindre! qu'as-tu? Si tu veux rester ici, barbet, au nom du ciel cesse d'aboyer! laisse là tes hurlemens.

(*Il retourne au pupitre, lit d'abord à voix basse, puis s'écrie :*)

Que le Salamandre s'enflamme,
Que l'ondin se replie.

(*Des jappillemens se font entendre.*)

FAUST, *courant précipitamment vers le poêle.*

Oh! c'est trop fort! me voilà encore interrompu! Il m'est impossible de continuer. Je ne puis endurer un compagnon aussi bruyant : l'un de nous doit nécessairement quitter ce laboratoire. C'est à regret que je viole les lois de l'hospitalité; mais les hurlemens d'un animal ne peuvent s'accorder avec l'enthousiasme divin qui remplit mon âme... la porte est ouverte... tu as la clef des champs... Allons, lève-toi, sors de là! sors donc! (*Le chien se lève et marche; Faust le pousse avec le pied vers la porte.*) Ah! j'ai fermé la porte... Eh bien, passe par la fenêtre! (*Il prend le barbet et le jette par la fenêtre. Il revient au pupitre.*) Je vais encore recommencer. Ce grognard de chien m'a fait perdre l'inspiration, m'a tout dérangé. (*Lisant.*) « Au commencement était la parole, au commencement était la volonté, au commencement était la force, au commencement était l'action... Si des esprits régnent dans les plaines de l'air, qu'ils descendent et me conduisent à une vie plus nouvelle et plus variée! »

(*Il lit quelque temps à voix basse en faisant des gestes et des grimaces bizarres, puis il s'écrie :*)

Que le Salamandre s'enflamme!
Que l'ondin se replie!
Que le sylphe s'évanouisse!
Que le lutin travaille!

CIMBAR, *dans les coulisses avec une voix de tonnerre.*

Faust ! que me veux-tu ? Fils de la terre, qu'oses-tu demander ?

FAUST.

La science des mystères ! Découvre-moi les secrets de la nature !
Élève-moi vers les hautes régions d'une vie surnaturelle ! agran-
dis ma sphère !

CIMBAR.

La sphère de l'homme, c'est la naissance et la mort ; placée entre
ces deux termes, la vie n'est qu'un ensemble d'ondulations de bien
et de mal, de plaisirs et de douleurs, de joies et de tourmens.
Parmi les êtres plongés dans les flots de la vie et le tumulte des
actions, chacun existe à sa manière ; tout périt, tout renaît sous
des formes variées, infinies.

FAUST.

O malheur ! ô désespoir ! moi dont l'âme est créée pour un
monde infini, dont le cœur ambitionne un bonheur éternel, moi
qui caresse cet espoir avec amour, moi l'image de la Divinité, moi
qui, m'élevant au niveau des chérubins, prétends vivre de la vie
de Dieu, ma sphère serait la naissance et la mort ! et rien de plus !...
Esprit sublime ! esprit surhumain, à qui donc suis-je semblable ?

CIMBAR.

A l'homme ! (*Gaiement.*) Mais tu n'es pas semblable à moi !

FAUST, *tombant à la renverse.*

Pas à toi !... à qui donc ?... Moi l'image de Dieu !... pas seulement à toi ! (*Se relevant.*) C'est donc au ver que je ressemble ? au
ver qui se traîne dans la boue, et que mon pied écrase et anéan-
tit ? (*Secouant la poussière de ses genoux.*) En ce cas, il vaudrait
mieux que rien n'existât... Eh bien, oracle de l'enfer, encore un
mot : Peux-tu me conduire tel que je suis, homme ou vermisseau,
ou machine, comme tu voudras, dans les régions immenses et
inconnues du monde métaphysique ?... Oui ! satisfais mes désirs...
fort louables assurément... Dévoile-moi le ciel et l'enfer, et je suis à
toi pour la vie... éternelle, s'entend... je t'appartiendrai sans restric-
tion ! Que j'assouvisse seulement cette soif de l'infini qui me dévore ;
que je m'affranchisse de mes peines.... et après advienne que
pourra !... Eh mais !... ô mon Dieu ! il se tait... réponds-moi !
Esprit actif qui ondoies autour du vaste monde, réponds-moi !

Esprit de l'enfer qui m'as parlé si cruellement, viens m'instruire ! viens te montrer à mes yeux !... O prodige !... un nuage... s'entasse sur moi... Le soleil se voile... un frisson me saisit... la voûte s'abaisse sur moi !... Quelle nuit profonde ! Des esprits ardens se meuvent lentement dans l'ombre,... ils viennent à moi,... ils s'approchent... une couronne éblouissante à la main ! (*Se mettant à genoux.*) Ils posent sur ma tête une auréole de feu ! mon cœur se gonfle ! Esprits qui nagez autour de moi ! intelligences qui planez dans les airs, répondez-moi !... si vous m'entendez... ô merveille inouïe ! mes forces augmentent ! un sang de feu circule dans mes veines !... Esprit puissant, tu es près de moi ! Esprit que j'invoque, je me livre à toi ! Fils de la flamme, parais ! parais ! (*La grande porte du fond est poussée violemment ; elle s'ébranle.*) Ah ! mon Dieu, il va enfoncer cette porte ou tout au moins la renverser ! (*Courant vers la porte en cherchant la clef dans ses poches.*) Attends ! attends !... Comment un esprit ne peut pas entrer à travers cette porte sans qu'on soit obligé de la lui ouvrir ?... Et moi qui l'attendais par en haut ! Comme c'est commun pour un esprit d'entrer par la porte ! c'est même très-bourgeois ! (*On frappe.*) Et encore il frappe !... comme un simple particulier... (*Ouvrant brusquement les deux battans de la porte.*) Entre ! parais ! je suis à toi !

(Cimbar entre.)

SCÈNE IV.

CIMBAR ET FAUST.

CIMBAR, jetant un éclat de rire satanique.

Ah ! ah ! ah ! ah ! ah ! ah ! ah ! ah !

FAUST, se retournant avec humeur.

Malédiction ! faut-il qu'un importun fasse évanouir une vision si belle ! Voilà ma félicité réduite à rien !

CIMBAR, montrant Faust, qui lui tourne le dos

Le grand homme ! ah ! qu'il est petit ! (*A Faust.*) Salut au savant docteur !

FAUST, avec humeur.

Serviteur.

CIMBAR.

Excusez-moi : vous déclamez... c'est sans doute une tragédie grecque. J'aime beaucoup la déclamation... c'est un art fort utile aujourd'hui. Je me suis laissé dire qu'un missionnaire pourrait en remontrer à un comédien.

FAUST.

Sans doute, quand le missionnaire est lui-même un comédien. Malheureux, tu arrives au moment où l'esprit sublime allait m'enchanter de sa présence !

CIMBAR.

Quoi !

FAUST.

Entrer ici ! ici même !

CIMBAR.

Pourquoi n'est-il pas entré ?

FAUST.

Parce que tu t'es trouvé là ! tu lui auras déplu apparemment.

CIMBAR.

Merci du compliment. Vous aurez sans doute oublié quelque formalité ? Les moindres mouvemens du corps, des lèvres et des oreilles sont absolument nécessaires pour lui plaire ; et si vous avez omis ce qui flatte le plus sa vanité ou celle de ses gens d'affaires, il l'aura pris en mauvaise part.

FAUST.

Il tient donc à l'étiquette ?

CIMBAR.

Oh ! essentiellement ! L'avez-vous encensé ?

FAUST.

Non.

CIMBAR.

Comment ! vous voulez mettre le nez dans les affaires de l'autre monde et vous ne mettez pas la main à l'encensoir ?... Prenez donc la cassolette sacrée : le souverain que vous invoquez est friand de parfums : il aime mieux l'encens qu'une petite maîtresse l'eau des sultanes !... Brûlez-en donc pour régaler ses narines.

FAUST.

Tu crois ?

CIMBAR.

N'avez-vous pas de honte de vous jeter dans la magie? à votre
âge! avec votre science! comme les bonnes femmes!

FAUST.

Quel vertige te prend?

CIMBAR.

Eh oui! de quoi vous sert d'être savant, si, comme les ignorans
et les absurdes, vous croyez au diable et à l'enfer?

FAUST.

Tais-toi, malheureux, tais-toi et tremble! Si tu savais... Dans
l'heureux moment!... il était à la porte!... j'allais le voir!... O ciel!
comment la voix de cet homme ose-t-elle retentir ici? ici où j'ai
senti le souffle de l'esprit sublime! Si tu avais vu comme il m'a
foudroyé par une seule parole : « Et tu n'es pas semblable à moi! »
Et ces esprits ardens qui nageaient autour de moi une couronne
de feu à la main.

CIMBAR.

Vision fantastique que votre bizarre imagination vous soufflait
dans les oreilles!

FAUST.

Pauvre fils de la terre, va! tu ne connais pas les douceurs d'un
sublime enthousiasme, les délices de l'extase!

CIMBAR.

Ce sublime enthousiasme est une ivresse qui vous grimpe au
cerveau, et vos extases, des syncopes intellectuelles durant lesquelles vous rêvez debout en voyant toutes les lubies qui vous
passent par la tête.

FAUST.

Maudit esprit de contradiction! qu'aimes-tu donc?

CIMBAR.

De bon vin, du tabac mordant et une jolie fille bien vigoureuse,
c'est tout ce que j'aime.

FAUST.

Ce sont là tes désirs! Tu n'as que ceux des sens : n'en connais
jamais d'autres! Deux âmes, hélas! habitent dans mon cœur et le
tourmentent, le déchirent dans leurs efforts pour se séparer! l'une
vive et ardente est toute corporelle.

CIMBAR.

J'entends! toute sensuelle.

FAUST.

L'autre, toute spirituelle, est ambitieuse de lumière, et veut s'élancer dans les hautes régions d'une vie surnaturelle.

CIMBAR.

Croyez-moi, laissez là vos chimères et commencez à connaître la vie! Votre fortune est immense : elle égale celle des plus grands princes de l'Allemagne; vous êtes encore jeune et vigoureux; vos travaux, vos bienfaits, votre science, tout vous rendra heureux réellement! Tout! oui, tout! Jouissez donc de vos bienfaits et de la considération que partout on vous donne! Le père vous montre à son enfant; chacun vous cherche, on s'agite, on se presse autour de vous; tous les chapeaux volent en l'air et peu s'en faut qu'on ne tombe à genoux!

FAUST.

Des joies plus douces, des jouissances inépuisables...

CIMBAR.

Renoncez à ces espérances infinies! Cessez de flatter le vautour qui vous déchire le cœur!

FAUST.

Eh! pauvre diable, que penses-tu qui puisse me satisfaire? Sont-ce des trésors? je les connais!... De l'or qui échappe à la main qui le presse comme du vif argent! Une loterie de peines et de plaisirs où l'inquiétude et le dégoût gagnent toujours! La gloire? fantôme brillant qu'on encense et qui s'évanouit comme un météore lumineux! une jeune fille? Une vierge ingénue qui, jusque dans mes bras, rêvera l'infidélité!

CIMBAR.

Cependant le bonheur...

FAUST.

Le bonheur n'existe que pour les hommes bornés.

CIMBAR.

En ce cas, le plus grand nombre n'est pas celui des malheureux.

FAUST.

Jamais il n'abandonne entièrement ceux qui ont l'esprit étroit.

D'une main laborieuse creusent-ils la terre pour y trouver des trésors? S'ils rencontrent un vermisseau, ils s'émerveillent! un rien les satisfait.

CIMBAR.

De sorte que vous dédaignez...

FAUST.

Les jouissances de la terre parce qu'elles s'épuisent; les connaissances de l'homme parce qu'elles sont bornées.

CIMBAR.

Cependant votre science est si vaste!

FAUST.

Ma science est une science de mots!.. Je suis, à la vérité, plus instruit que tout ce qu'il y a de sots, d'écrivains, de moines, de docteurs dans toute l'Allemagne; je ne crains plus ni diable ni enfer! mais ce triste avantage, je l'ai payé de mon bonheur! et je ne connais encore ni l'univers, ni l'âme, ni ses forces, ni son principe, ni ses semences éternelles! Depuis dix ans que je promène mes élèves dans un labyrinthe inextricable!... Bah! j'y renonce! je ne veux plus leur enseigner, à la sueur de mon front, des niaiseries que je n'entends pas moi-même, des absurdités qui me révoltent.

CIMBAR.

Vous avez de la conscience, docteur, touchez là!... Ah! si vos confrères de la Sorbonne avaient la même franchise, je me jetterais à... leur cou! D'honneur, je les remercierais pour la raison et le bon sens qu'ils choquent tous les jours.

FAUST, *avec l'accent du désespoir.*

Insensé! je voulais saisir le miroir de l'éternelle vérité! je voulais dépouiller mon enveloppe mortelle, me baigner dans les flots de la lumière céleste! La vie humaine ne pouvait me suffire : je voulais vivre d'une vie surnaturelle!

CIMBAR.

Eh! contentez-vous de celle-ci. Commencez par la connaître , par en jouir, et vous verrez après!

FAUST.

Que verrai-je? Que dans la nature tout se meut, s'agite réciproquement, que tout concourt à l'harmonie; mais verrai-je les puissances célestes?

CIMBAR.

Oh! faites-nous grâce des puissances et des dominations.

FAUST.

Mais verrai-je les intelligences suprêmes qui s'élancent du haut des cieux? Verrai-je le battement de leurs ailes qui imprime l'harmonie au monde, retentit dans l'espace et répand une rosée douce et vivifiante? Les verrai-je monter, descendre?...

CIMBAR.

Apparemment, comme les moucherons un soir d'été.

FAUST.

...Se passer de main en main les seaux d'or?

CIMBAR, *lui regardant sous le nez.*

N'avez-vous pas quelque chose devant les yeux?

FAUST.

Quel spectacle magnifique! Mais hélas! ce n'est qu'un spectacle! Nature infinie! tu échappes à mes bras! je ne puis te saisir! Où êtes-vous, sources de mouvement et de lumière, vous en qui les cieux et la terre puisent la sève éternelle qui les nourrit? vous coulez sans cesse, vous abreuvez tous les êtres! chaque printemps vous rajeunissez les arbres des forêts, le thym des montagnes, le gazon de la vallée, les fleurs émaillées de la prairie! Où es-tu, source de la vie?

CIMBAR.

Elle est partout : étudiez les sciences positives, étudiez bien les trois règnes de la nature; attachez-vous surtout à l'histoire anatomique, physiologique et pathologique des végétaux et des animaux, et, quand vous connaîtrez bien tout cela, vous pourrez vous occuper de métaphysique. Soyez donc anatomiste avant d'être physiologiste, naturaliste avant d'être psychologiste, physicien avant d'être métaphysicien. (*Croisant les bras.*) Ces messieurs sont de singulières gens! ils méprisent la réalité pour méditer des chimères, l'expérience pour des systèmes; ils dédaignent la matière! fi de la vile matière! Ils aiment bien mieux ce qui est immatériel, spirituel! c'est plus noble! ils le connaissent moins. Ils abandonnent la nature pour courir après des fantômes! Ils veulent connaître les régions imaginaires d'une autre vie avant de connaître celle-ci! et, sans s'éclairer par les sciences positives, ils franchissent les bornes de la nature, s'élancent au-delà du monde visible! En vain leur crie-t-on, «à la folie! à l'ignorance!... » opiniâtres et absurdes, ils poursuivent, dans les espaces obscurs d'une nuit sans bornes, leur marche errante et gigantesque.

FAUST, avec attendrissement, sans l'écouter.

Regarde comme au loin les cabanes, entourées de verdure, étincellent aux lueurs dorées du soleil qui penche...

CIMBAR.

Eh! le soleil penche?

FAUST.

...Et disparaît! Le jour expire; mais l'astre immortel va éclairer d'autres régions. Oh! que n'ai-je des ailes pour m'élever dans les airs et m'élancer à sa suite dans l'éternelle clarté!

CIMBAR.

A merveille! ne vous gênez pas! émancipez-vous dans les airs! lancez-vous bien haut vers la voûte azurée! prenez vos ébats tout à votre aise! arrachez au firmament ses plus belles étoiles!

FAUST, dans l'extase.

Je verrais dans le crépuscule le monde silencieux se balancer à mes pieds, la cime des montagnes s'enflammer, les vallées s'obscurcir, les torrens changer en vagues d'or leurs vagues argentées! La montagne...

CIMBAR.

La montagne! toujours la montagne!

FAUST.

La montagne...

CIMBAR.

Allez-vous la culbuter, la montagne?

FAUST, s'impatientant.

Laisse-moi donc tranquille... La montagne me présente ses rochers escarpés...

CIMBAR.

Fort beau présent, ma foi!

FAUST.

...Ses monts sourcilleux, ses défilés sauvages! Mes regards

étonnés plongent dans la mer et parcourent ses abîmes!... Cependant le soleil disparaît de nouveau...

CIMBAR.

Allons! un second élan et poursuivez votre route!

FAUST.

...Je m'abreuve encore de ses flots de lumière...

CIMBAR.

Hâtez-vous de boire!

FAUST.

...Je m'enivre de son immense clarté.

CIMBAR.

Ce qui me fait plaisir... vous aimez la lumière; mais vous allez
la chercher trop haut.

FAUST.

Le jour est devant moi; derrière, la nuit; au-dessus, le soleil,
et les vagues à mes pieds.

CIMBAR.

Ah! nous voilà à terre!... Non! vous restez le bec dans l'eau...
Tout de bon rêvez-vous? perdez-vous la tête?...Eh! cher docteur,
si vous voulez monter si haut, mettez-vous dans un ballon... vous
n'irez pas tout-à-fait si loin; mais vous aurez toujours un avant-
goût de la béatitude aérienne.

FAUST, *s'asseyant.*

Vainement on conçoit les pensées les plus élevées, on reste toujours enchaîné dans les entraves de la matière, de la vile matière!
Vainement j'interroge la terre, vainement je m'adresse au ciel et
à l'enfer! toujours mystérieuse, la nature ne se laisse point dévoiler!...

CIMBAR.

Ce n'est pas comme nos beautés à la mode!... Pourvu qu'on ne
déchire pas le voile, on peut le soulever et admirer la nature et
ses charmes, la nature dans son éclat!...

FAUST, *sans l'écouter.*

Nous ignorons les idées d'un ordre supérieur.

CIMBAR.

Eh! qu'importe? on les saura plus tard : rien ne presse.

FAUST.

Il n'est rien de plus important...

CIMBAR.

Que ce qu'il importe à certaines gens de faire regarder comme important.

FAUST.

Malheureux! tu blasphèmes!

CIMBAR.

Voilà bien les hommes! je blasphème parce que je ne suis pas de son opinion!... Encore une fois, renoncez à cette vie morte!... Pour la quatrième et dernière fois, je ne vous le répéterai plus: soyez vivant pour la nature vivante! Vous restez enfermé entre ces quatre murailles, dans ce cachot où la lumière ne pénètre qu'à travers ces vitraux peints; vous vivez dans cet amas confus de livres et de papiers entassés jusqu'à la voûte;... je ne vois autour de moi que verres, boîtes, instrumens, squelettes, ossemens de morts...

FAUST.

Ce sont les meubles de mes ancêtres.

CIMBAR.

Ah!... ils sont gentils les meubles de vos ancêtres!... Et c'est là votre monde? votre univers?

FAUST.

Oh! j'en connais un autre! La nuit je gravis sur le sommet de la montagne; j'erre sur ses rochers sauvages. Les esprits de la nuit planent autour de moi. Je contemple avec extase l'immensité du ciel et de la terre. Je me crois l'image de Dieu! Ma pensée fouille dans les entrailles de la terre avec des désirs curieux! Je sens s'agiter dans mon sein un nouvel univers! Je me crée des joies inconnues au vulgaire! je me précipite dans un océan de délices! je m'y dépouille entièrement du fils de l'homme!

CIMBAR.

Voilà sans doute un bonheur fort innocent; mais ce bonheur est un rêve, une illusion, et à moins que vous ne teniez à vous mystifier vous-même...

FAUST, *dans l'extase, sans l'entendre.*

L'astre de la nuit, la lune silencieuse et pâle, cette amie douce et mélancolique, m'éclaire du haut des cieux... Je descends dans le vallon,... je joue avec ses rayons d'argent sur le gazon de la prairie...

CIMBAR.

Et vous ne dansez pas ?

FAUST.

...Délivré du fardeau de la science...

CIMBAR.

Ah ! vous vous trémoussez !...

FAUST, *continuant.*

...J'oublie ses fatigues, ses tourmens...

CIMBAR.

Puis vous vous étendez sur l'herbe mouillée ?...

FAUST.

Oui ! je me baigne dans la fraîcheur de la rosée...

CIMBAR.

Vous devez être frais ?

FAUST, *toussant.*

... J'y retrempe mes forces.

CIMBAR.

Et vous gagnez de bons rhumatismes, des catarrhes éternels...

FAUST.

Tais-toi donc ; tu me fais tousser.

CIMBAR.

Si vous continuez cette vie, vous deviendrez cacochyme, cachectique, scrofuleux, hypocondriaque, podagre !.... Mettez donc fin à ces bizarres extravagances ! cessez de passer les nuits sur les rochers comme un saint hibou ! chassez ces rêves fantastiques qui vous entourent et vous aveuglent ! abandonnez cette solitude où vos sens se flétrissent, où vos forces s'épuisent ! Qu'avez-vous à faire dans ce vieux laboratoire, dans cette caverne silencieuse ? voulez-vous, comme un reptile, vivre dans la poussière ? Fuyez ces lieux ! lancez-vous dans le monde ! cherchez les plaisirs ! Les beautés les moins piquantes vous rappelleront encore au sentiment de la vie et vous en feront goûter les charmes !

Allons donc! vive la joie! Vous êtes vraiment ici aux galères! Un homme de votre âge, bien constitué et riche immensément! Un homme comme vous qui philosophe est un beau cheval enragé (passez-moi l'expression) que le diable fait tourner dans une bruyère sèche, autour d'une bonne prairie.

FAUST.

Mais, par ma longue barbe, je n'ai pas le moindre savoir-vivre : je ne me suis jamais produit dans le monde. Je serais embarrassé à tout moment.

CIMBAR.

Tout cela s'acquiert... Faites-vous raser... de la confiance en vous-même, et vous saurez vivre!... Tenez, docteur, croyez-moi, quittez cet habit de savant qui vous rend sexagénaire; habillez-vous en jeune seigneur; mettez l'habit d'écarlate à galons d'or, le manteau de satin sur l'épaule, un beau panache au chapeau et au côté une bonne épée bien affilée! Croyez-moi, prenez ce costume; et, libre enfin, commencez à jouir de la vie.

FAUST.

Eh! sous ces habits sentirais-je moins durement les limites étroites de ce monde? Trop insatiable pour m'enivrer de plaisirs, trop jeune pour mépriser leur séduction, que me reste-t-il à demander à la terre?... C'est avec effroi que chaque matin j'ouvre mes yeux à la lumière : je verse des larmes amères en voyant le jour qui, dans sa course, n'accomplira pas un seul de mes vœux! pas un seul! Quand la nuit est revenue, je me jette sur mon lit, sans cesse tourmenté, sans espoir de repos : des songes horribles m'y agitent! A mon réveil, j'invoque la mort!

CIMBAR.

Cependant la mort n'est jamais bienvenue!

FAUST.

Heureux celui qu'elle frappe sur le champ d'honneur! celui qui penche sa tête sanglante sous une couronne de lauriers! Heureux celui qu'elle surprend dans les bras de son amante! dans l'ivresse du plaisir!

CIMBAR.

Vous n'avez donc jamais été heureux?

FAUST.

Autrefois je l'étais! Dans mon enfance, tout me ravissait! tout

m'enchantait ; et, à l'époque où le vieil hiver se retire lentement
dans le cœur des montagnes, en jetant un pâle regard derrière
lui, à cette époque où le regard du printemps vivifie la nature,
fond la neige, brise les glaces et verdit la vallée, alors, pendant
le silence solennel du dimanche, l'amour de Dieu embrasait mon
jeune cœur ! La lente harmonie des cloches, leur son grave et
majestueux, me berçaient de doux pressentimens : une prière
était pour moi une jouissance ardente ! des désirs d'une incroyable
douceur m'entraînaient dans les bois et les prairies ; je versais des
larmes brûlantes ; j'entrevoyais un monde de bonheur ! la voûte
du ciel semblait s'abaisser jusqu'à moi !... Et aujourd'hui je porte
l'enfer dans mon cœur ! tout m'est insupportable et odieux ! je
m'enfonce dans un Océan de peines et d'erreurs ! le dégoût me
poursuit, le désespoir m'accable ! un chien ne voudrait pas de la
vie à ce prix !... Oui ! quand je songe aux joies de mon enfance,
je maudis le dédaigneux orgueil de l'homme qui prétend se suffire !
je maudis ces rêves enchanteurs qui me pressent, qui m'éblouis-
sent ! je maudis tous les prestiges, tous les fantômes, tout ce que
l'imagination cache sous les voiles brillans du mensonge ! Maudites
soient à jamais ces illusions gigantesques de gloire et d'immortalité ! maudit soit tout ce que l'homme possède, tout ce qui flatte
ses désirs et le bonheur d'un père et celui d'un époux et les richesses et la liberté et l'esclavage ! malédiction sur le nectar
des raisins, sur l'ivresse de l'amour !

CIMBAR.

Comme vous maudissez les pauvres plaisirs de ce bas-monde !
Savez-vous, docteur, que vous êtes bien dédaigneux ?

FAUST.

Oui ! que ce soit à jamais fait de moi si jamais je me repose sur
un lit de délices ! si jamais l'espérance ou le plaisir m'arrache
à la haine, au dégoût de moi-même ! Si jamais, dans les bras de
la volupté, je prie le temps de suspendre sa course, je veux
qu'aussitôt la cloche de mort retentisse ! (*On frappe à la porte.*)
Malédiction ! c'est sans doute un de mes élèves... (*On frappe de
nouveau.*) Faut-il qu'un petit drôle !... (*Avec force et humeur.*) Entrez, entrez donc.

SCÈNE V.

MARGUERITE, FAUST et CIMBAR.

MARGUERITE.

Monsieur le docteur, je vous demande bien pardon... je vous
dérange...

FAUST.

Approchez, mon enfant... Dieu! qu'elle est belle!

CIMBAR, *à part*.

Comme à sa vue il a tressailli! (*Haut.*) On n'est pas plus
jolie!

FAUST.

Ni plus intéressante! Quelle douceur céleste dans ce regard!
quel charme divin! quelle grâce enchanteresse!

CIMBAR, *à part*.

Bravo! le docteur s'enflamme! la métaphysique chancelle :
gare la chute!

FAUST.

Pardieu! voilà une belle enfant! elle a un air si modeste et si
honnête! La rougeur de ses lèvres, l'éclat de ses joues... Je ne
l'oublierai de ma vie... Elle est timide... Approchez, mon enfant;
parlez-nous avec confiance...

MARGUERITE.

Oh! j'en ai beaucoup en vous! On vous dit si bon et si savant!
tout le monde en parle dans le pays : aussi, vous pouvez dire que
vous êtes bien aimé; je me sens toute contente de vous voir!

FAUST.

Quelle aimable naïveté! je n'ai jamais rien vu de si charmant!

CIMBAR.

Parbleu, vous ne sortez jamais... Ce n'est pas en restant ici
emprisonné, ni en courant la nuit sur les rochers, que vous pouvez trouver quelque chose de beau!

FAUST.

Dans cette figure virginale, dans ces simples traits, je vois la
nature tout entière, toutes ses merveilles!

CIMBAR.

Pourquoi pas le ciel et l'enfer?

FAUST.

C'est un ange!

MARGUERITE.

Monsieur?...

FAUST.

Eh bien! ma divine enfant?

MARGUERITE.

Ma mère est bien malade; si vous vouliez venir la soulager?...
Je sais bien que d'ordinaire vous ne voyez pas de malade; mais
elle souffre tant! Les autres médecins de Wittemberg ne peuvent
venir; l'un est malade, l'autre en voyage, le troisième est à une
noce. D'ailleurs, ma mère demande toujours après vous! c'est
vous seul...

FAUST.

Très-volontiers!

MARGUERITE.

Monsieur votre père nous connaissait bien; oh! il est venu bien
souvent dans notre village; quand la fièvre chaude faisait périr
tant de monde, il en a sauvé sa bonne part! On m'a dit que vous
étiez alors bien jeune; vous entriez chez les malades avec lui; il
vous apprenait sa science apparemment? Tout le monde priait
pour vous deux; on vous bénissait partout.

FAUST.

Que de douceur, que de sentiment dans sa voix! Ah! ses regards m'embrasent, ses accens me font tressaillir.... Adorable
enfant! regarde-moi encore.

MARGUERITE.

Bien volontiers, j'ai tant de plaisir!

FAUST.

Et moi!... quelles délices!... je ne puis m'arracher à ce regard.

CIMBAR, à l'oreille de Faust.

Docteur, la fille vous fera oublier la mère.

FAUST.

Se trouve-t-il quelque chose de pareil sur la terre? Dans ce

corps si parfait je vois l'abrégé de tous les cieux! C'est la femme,
c'est le chef-d'œuvre de la création sous sa forme la plus sédui-
sante! Se peut-il que la femme ait tant de beauté!

CIMBAR.

Puisque Dieu, après avoir créé la femme, a dit *bravo!* il fallait qu'il eût fait quelque chose de passable. Regardez-la bien :
que vos regards dévorent ses charmes! (*A l'oreille.*) Ces trésors-là
seront bientôt à vous! bientôt vous les presserez dans vos bras,
docteur!

FAUST.

Mon cœur palpite... un feu nouveau me dévore... Ah! j'en
perds la tête.

CIMBAR.

Bravo! bravo! docteur, vous voilà sous l'influence de Cupidon :
le malin enfant se joue à la fin du cœur d'un métaphysicien comme
de celui d'un étudiant. Il a secoué son flambeau sur votre tête.

FAUST.

Quelles lèvres vermeilles! quelles joues brillantes!

MARGUERITE.

Vous viendrez, n'est-ce pas?

FAUST.

Je te suis.

CIMBAR.

Quelle bonté!

MARGUERITE.

Oh! oui, monsieur est bien bon. Comme ma mère sera contente! ça va la guérir de moitié; puis elle vous payera bien!
Nous ne sommes pas bien riches, mais nous économisons.

FAUST.

Me payer! ah! si je puis la sauver, ma récompense sera dans
mon cœur, dans tes yeux, dans ton sourire enchanteur.

CIMBAR, *à part.*

Les frais de la maladie de la mère coûteront cher à la fille.

FAUST.

Venez, mon aimable... Comment vous appelez-vous, mon
enfant?

MARGUERITE.

Marguerite, monsieur.

FAUST.

Quelle gracieuse vivacité!

MARGUERITE, *à Cimbar.*

Adieu, monsieur.

CIMBAR.

Adieu, mademoiselle Marguerite.

FAUST, *à Marguerite.*

Oserai-je vous offrir mon bras?

CIMBAR.

Comment donc! vous vous lancez déjà! Voilà une invitation très-bien tournée : « Oserai-je vous offrir mon bras? » Comme on se forme vite!

FAUST, *en sortant.*

C'est la beauté parée des grâces de la candeur et de la vertu. (*Il rentre.*) Je vois venir un étudiant : délivrez-m'en pour le moment.

CIMBAR.

Le pauvre garçon! il y aurait conscience de le renvoyer si vite; ne le laissons pas partir sans consolation : Donnez-moi votre robe et votre bonnet... que je l'aie seulement quelques minutes, et il en entendra!

(*Faust sort avec Marguerite.*)

SCÈNE VI.

CIMBAR, *seul.*

Je ne suis pas fâché d'être professeur : je ne l'avais pas encore été... Le cœur de cet homme est comme son esprit; il l'emporte par delà les bornes. Vous verrez qu'il sera exagéré dans son amour comme il l'a été dans ses égaremens, et il ne renoncera à ses espérances infinies que pour les émotions les plus ardentes. (*Il tient suspendue la robe de Faust et la considère.*) Voilà donc cette robe dont se couvrent tant de corps savans! Robe à couleur emblématique, robe sacrée, robe antique et solennelle, combien de fois tes larges replis ont caché l'ignorance et la sottise!... Les métaphysiciens, les médecins, les avocats, toute la gent qui argumente, qui dispute et qui trompe; toute la gent à hypothèse, à querelle et à système; toute la portion enragée de l'espèce humaine s'en est affublée!... Comment voulez-vous que la raison puisse respirer là-dessous? (*Il s'en revêt.*) Sous cette robe sacrée, ces messieurs rient dans leur barbe divine de la faiblesse des hommes... (*Prenant le bonnet en le montrant.*) Eh! ce fameux bonnet! bonnet respectable! que de têtes absurdes il a coiffées!... Cet éteignoir fut sans doute inventé par les métaphysiciens; les premiers ils durent en couvrir leur péricrâne sacré pour se faire entendre qu'ils doivent étouffer le bon sens des autres..... De dessous cet éteignoir sont pourtant sortis des hérésies, des discussions, des compulsions, des interdictions, des dépositions, des persécutions, des troubles, des anathèmes, des révoltes, des ligues, des croisades, des auto-da-fé, des régicides, des guerres et des massacres!... (*On frappe.*) Entrez!

SCÈNE VII.

CIMBAR et un ÉTUDIANT.

L'ÉTUDIANT.

J'arrive de mon pays, et je me présente à vous plein d'impatience de vous voir et de vous connaître : tout le monde parle de vous, et tout le monde en parle avec le plus profond respect!

CIMBAR.

Vous êtes bien aimable; vous voyez un homme comme beaucoup d'autres.

L'ÉTUDIANT.

Je viens vous prier de me diriger dans mes hautes études : je suis plein de bonne volonté, et je désire devenir promptement savant... Mais je m'ennuie déjà dans cette ville : franchement, je voudrais en être dehors. Je me trouve trop à l'étroit dans une salle d'étude; je regrette la verdure de nos prés, les arbres de nos forêts.

CIMBAR, *avec pédanterie.*

C'est une affaire d'habitude : de même que l'enfant repousse d'abord le sein de sa nourrice, que bientôt il presse avec délices, de même vous presserez plus volontiers le sein de la sagesse.

L'ÉTUDIANT.

Oh! je suis prêt à l'embrasser de tout mon cœur; dites-moi seulement où je pourrai la trouver.

CIMBAR, *embarrassé.*

Ma foi... diable!... dans nos facultés. Laquelle choisissez-vous?

L'ÉTUDIANT.

Je voudrais devenir bien savant.

CIMBAR

En ce cas, suivez d'abord un cours de logique : c'est là qu'on dressera votre esprit, qu'on vous apprendra à raisonner comme on enseigne l'exercice aux soldats. On vous chaussera de larges bottes à l'espagnole, bien lourdes, pour que vous trottiez plus prudemment dans le chemin de la routine, et que vous n'alliez pas vous promener en zig-zag comme un feu follet; ensuite on vous apprendra à faire savamment ce que vous faites en un clin d'œil comme boire et manger... Mais vous ne m'avez pas dit quelle faculté vous préférez.

L'ÉTUDIANT.

Je n'ai pas de goût pour l'étude du droit. La médecine me plairait assez.

CIMBAR, *avec un ton de charlatan et de gravité.*

Si tu veux entrer dans le temple d'Esculape, écoute : l'étude de la nature y conduit; elle seule en connaît les chemins rudes et épineux; elle seule reçoit la foule des mortels qui y arrivent. Dans ce temple antique et renommé, la raison n'est plus complice aujourd'hui ni du mensonge ni du délire. Guidée par l'expérience, elle y renverse les préjugés. L'imposture, la crainte et l'enthousiasme de l'ignorance ont partout dans l'univers élevé des autels à des fantômes trompeurs : eh bien! la raison fière et triomphante sort de ce temple, dissipe ces fantômes, et place sur leurs autels la vérité et la vertu... Quant aux maladies, l'esprit de la médecine est facile à saisir; on étudie l'homme sain et l'homme malade, puis en définitive on laisse aller les choses à la grâce de Dieu. Savoir profiter de l'occasion, voilà ce qui fait l'habile médecin. Vous êtes encore assez bien bâti; la hardiesse n'est pas ce qui vous manque.... un extérieur élégant,... de la confiance en vous-même, et vous en inspirerez aux autres; surtout attachez-vous à conduire les femmes! Un titre, un seul titre bien choisi les convaincra d'u-

bord de votre supériorité. Soyez aimable et galant, adressez-leur
des hommages, flattez-les, plaignez-les bien tendrement! c'est le
seul traitement que réclament leurs maux de nerfs, leur mélan-
colie, leur éternel *hélas* modulé sur tant de tons. Sensible à leurs
charmes comme à leurs souffrances, d'un œil vif et ardent inter-
rogez leurs jolis traits ; pressez-leur doucement le bras en tâtant
le pouls. D'une main exploratrice et amoureuse parcourez leur
taille élancée pour vous assurer si elles n'ont pas des palpitations,
si les hanches sont bien assises, si leur corset n'est pas trop lacé.
Permettez-vous mille petits détails qu'un autre ne hasarderait
qu'après plusieurs années d'incertitude. Bref, soyez aimable, en-
treprenant, audacieux même... un demi-décorum!... et vous
serez leur idole, vous les aurez toutes sous la main!... voilà l'ad-
mirable spécifique! la grande panacée!

L'ÉTUDIANT, *riant niaisement.*

Oh! je vous entends bien! je ne suis pas fait d'hier.

CIMBAR.

Enfin la vie d'un médecin doit se réduire à ces trois mots : Vivre
heureux, faire le bien et mourir de bonne grâce... Eh bien! voulez-vous être médecin?

L'ÉTUDIANT.

Oui... je n'en serais pas fâché; mais je voudrais tout savoir...
je serais bien aise de connaître le ciel et la terre.

CIMBAR, *à part.*

Le ciel et la terre! jeune imbécile! comme il reproduit niaisement les folles espérances de son maître! ses désirs sont la paro-
die des vœux brûlans de Faust! L'élève est le singe du maître!

L'ÉTUDIANT.

Oui, je préfère les sciences métaphysiques afin de bien comprendre ce qui est en dehors de l'intelligence humaine.

CIMBAR, *à part.*

Pauvre enfant! (*Haut.*) Mon jeune ami, savez-vous ce que c'est
que la métaphysique?

L'ÉTUDIANT.

Je le sais; mais pas bien positivement.

CIMBAR.

C'est la science de tout ce qui est absurde (*Se reprenant.*); non, de tout ce qui est surnaturel, immatériel, spirituel, de tout ce que nous ne connaissons pas.

L'ÉTUDIANT.

Les métaphysiciens doivent être bien savans?

CIMBAR.

Oh! assurément! ce sont des architectes spirituels, qui jettent un pont entre le monde visible et le monde invisible; à l'aide de ce pont nous arrivons dans les régions d'une autre vie en franchissant les abîmes du bon sens et de la raison.

L'ÉTUDIANT.

Leur science est donc bien grande?

CIMBAR.

Oh! elle est immense, surnaturelle, toute spirituelle!...

L'ÉTUDIANT.

Ce qu'ils disent doit être bien curieux!

CIMBAR.

C'est mieux que ça : par exemple, *verbi gratiâ*, voulez-vous connaître la base de l'intelligence humaine?

L'ÉTUDIANT.

Oh! oui! j'en serai enchanté!

CIMBAR.

Eh bien! la voici : c'est la réunion de la réflectibilité et de l'objectivité dans la spontanéité; pas autre chose.

L'ÉTUDIANT, *stupéfait.*

Je dois avouer que je ne vous ai pas parfaitement compris.

CIMBAR.

C'est la réunion de la réflectibilité et de l'objectivité dans la spontanéité.

L'ÉTUDIANT.

La réunion de la réflec..ti..bi..lité et de la.., dans la spon..ta.. néité (*se frottant les oreilles.*) Hé! c'est drôle, ça m'étourdit : il me semble que j'entends une roue de moulin!... Voulez-vous bien me dire?...

CIMBAR.

Tout ce que vous voudrez.

L'ÉTUDIANT.

Eh bien! qu'est-ce qu'un esprit?

CIMBAR.

C'est ce qui n'est point matière : il n'est pas de ravaudeuse qui ne sache cela.

L'ÉTUDIANT.

Eh!... ça me paraît clair... Maintenant, qu'est-ce que l'erreur?

CIMBAR.

En métaphysique, c'est une opinion contraire à une autre.

L'ÉTUDIANT.

Oh! ceci est plus clair!... Je commence à vous entendre... c'est que, d'abord, j'ai été étourdi... mais, à présent, je comprends bien. L'erreur est une opinion... contraire à une autre ; c'est bien simple!... Pourtant je ne m'en serais jamais douté... Eh! quand on est dans l'erreur, comment s'en tirer?

CIMBAR.

Il faut revenir sur ses pas... mais certaines gens prétendent qu'il n'y a guère que le feu qui puisse bien éclairer ceux qui se trompent et les remettre dans le bon chemin.

L'ÉTUDIANT.

C'est encore très-clair!... Le feu éclaire... c'est tout simple. Oh! je comprends bien maintenant!... Et le diable?

CIMBAR.

Le diable, proprement dit, est un intendant-général de l'autre monde, un premier agent d'affaires, un pourvoyeur en grand, un fournisseur en chef, un recruteur d'âmes, une espèce de ministre, de factotum qui tient le mal en entreprise. Certaines gens en font aussi un compère, sur le compte duquel ils mettent les sottises de dame nature.

L'ÉTUDIANT.

Et l'enfer?

CIMBAR.

C'est un pays assez vaste où les plus affreux des diables font bouillir leur marmite.

L'ÉTUDIANT.

D'autres diables encore?

CIMBAR.

Oui.

L'ÉTUDIANT.

Et de quelle couleur ?

CIMBAR.

Noirs.

L'ÉTUDIANT.

Ah! comme... Eh! que font-ils de plus ?

CIMBAR.

Ils s'acharnent après les savans, tourmentent les philosophes,
serrent de près quelques riches, rançonnent les esprits simples,
et pincent quelques jolies femmes.

L'ÉTUDIANT.

Ah! ah! des farceurs, apparemment... Les métaphysiciens
doivent être bien heureux de savoir tant de belles choses! Décidément, je veux être métaphysicien.

CIMBAR, *avec brusquerie.*

Eh bien! jetez-vous dans leurs bras. Au moyen seulement de
propositions universelles, particulières, singulières ou indéfinies,
et de l'argumentation qui renferme le syllogisme, l'enthymème,
le prosyllogisme, l'épichérême, le sorite, le dilemme et l'induc-
tion; au moyen du syllogisme, qui comprend le grand terme, le
moyen terme, le petit terme, la majeure, la mineure et la con-
clusion, les prémisses, le conséquent et la conséquence; enfin,
au moyen de la méthode analytique ou synthétique, ils vous per-
suaderont que vous croyez fermement des choses incroyables.
Géographes spirituels, ils vous feront ouvrir de grands yeux et de
grandes oreilles en vous promenant par le nez dans un monde invisible. Algébristes surnaturels, ils vous preuveront par A plus
B qu'ils sont confidens de la Divinité, qu'ils connaissent les motifs secrets de toutes ses actions, que la raison divine n'a rien de
commun avec la raison humaine, qu'il est de notre plus grand
bonheur qu'il y ait des pestes, des guerres, des famines, des pu-
naises, des cousins et des querelles théologiques sur la terre.
Ils vous prouveront qu'avec des riens on peut faire de l'argent,
qu'avec des riens on met l'univers en combustion; ils vous con-
vaincront que les philosophes sont des marauds, des pendards,
des impies, des gens détestables, à qui la société ne doit que des

chaînes ou des bûchers; ils vous montreront qu'il y a autant de
distance d'un métaphysicien à un philosophe que du bon Dieu à
saint Crépin, qui n'était qu'un cordonnier de Soissons. Incapables
de se tromper ni de tromper, ces hommes amphibies sont toujours vrais; aussi la philosophie ne prévaudra-t-elle jamais contre
leur science; néanmoins ils se fâchent tout rouge comme des
dindons, quand on leur dit un mot de travers. Enfin, ils vous feront voir qu'il faut être fou pour oser les contredire, et avoir le
diable au corps pour les combattre.

L'ÉTUDIANT.

Et ils auront toujours raison?

CIMBAR.

Ces hommes-dieux n'ont jamais tort, surtout quand ils ont la
force d'avoir raison.

L'ÉTUDIANT.

Oh! bien, je veux être métaphysicien! je veux être métaphysicien! je le veux absolument! je vais l'écrire à mes parens!

CIMBAR.

Jeune homme, dans cette carrière, il est difficile d'éviter les
fausses routes; et, si vous m'en croyez, contentez-vous du bon
sens, et ne vous attachez point aux grelots d'une folie gigantesque.
Pour être heureux, soyez raisonnable et honnête homme, si vous
le pouvez! et laissez rêver les métaphysiciens! fous bizarres et co-
lères! ce sont mes bêtes noires! Je n'ai pas la nuit un seul songe...

L'ÉTUDIANT.

Vous rêvez donc aussi?

CIMBAR.

Oui, la nuit, mais jamais le jour... Je n'ai pas un seul songe où
je ne les voie! et toujours du même œil!

L'ÉTUDIANT.

Ah! vous les voyez dans vos songes! eh! que font-ils?

CIMBAR.

Grenadiers intellectuels, janissaires de la théologie, ils rassem-
blent leur artillerie métaphysique, qui ne laisse pas de faire du
mal, surtout quand elle est soutenue par l'artillerie physique; et,
fiers comme des Écossais, ils descendent dans l'arène des conjec-

tures : là ils s'attaquent, se ripostent, se combattent dans une nuit profonde...

L'ÉTUDIANT.

Eh! quels sont les blessés?

CIMBAR.

Ce sont ordinairement les peuples qui reçoivent les coups terribles qu'ils se portent.

L'ÉTUDIANT.

Ah! ah! vous rêvez drôlement... Pardonnez-moi, si je vous importune; mais je voudrais obtenir de vous encore quelques lumières... Parlez-moi maintenant, je vous prie, de la philosophie.

CIMBAR.

Très-volontiers. La philosophie n'est pas ce langage subtil, ce tissus confus de verbiage, de pédanterie et de sottises, cet assemblage informe, ce chaos d'absurdités et de mensonges, ce monstre, enfin, que l'ignorance a coiffé des préjugés de l'habitude et de l'éducation, et qui, sous le vain prétexte d'un bonheur impossible, nous chagrine et nous désole, nous abreuve de privations et d'ennuis. « Ce monstre n'exista jamais que pour les tyrans des esprits, que pour étouffer la vérité. » La philosophie, au contraire, fille du génie et de la vérité, riche de forces et d'expérience, brillante de lumière, arrache l'homme du cercle étroit où le retiennent les préjugés, lui « montre les choses ce qu'elles sont, avec toute la bonne foi de la justice et de la raison. » Simple dans son langage, elle lui dit que la morale doit être fondée sur notre organisation, sur nos besoins, sur le bien de la société; douce et bienveillante, elle parle à tous, elle éclaire tout le monde; elle plaît à l'enfance, parce qu'elle est vraie; à la vieillesse, parce qu'elle l'entoure d'heureux souvenirs; elle console la femme de la perte de sa beauté, des qualités d'une rivale; elle l'arme contre la vieillesse; enfin, elle nous apprend qu'il faut « avoir à soi ses goûts et sa pensée, se servir de sa raison et agir d'après son cœur,» et, comme le disait feu M. La Bruyère, elle nous fait vivre sans une femme ou nous fait supporter celle que nous avons. En un mot, la raison, la vertu et la philosophie sont trois sœurs inséparables, trois sœurs charmantes, trois sœurs également belles et aimables. Souvent opprimées, mais toujours généreuses, ces trois immortelles nous disent sans cesse : La vérité, voilà votre premier bien! la liberté, le second! et vive le bonheur! fils du tra-

vail et de la vérité, il vit ou meurt avec la liberté! (*A part.*) Ouf!
je n'en puis plus; je ne m'en suis pas trop mal tiré pour une première fois. J'ai bien eu quelques réminiscences par-ci par-là, mais
c'est égal.

L'ÉTUDIANT.

Je suis enchanté de vous entendre; pourrais-je sans importu-
nité me présenter encore?

CIMBAR.

Je suis tout entier à votre service.

(L'étudiant sort.)

CIMBAR, *le regardant sortir.*

Maintenant ma tâche est remplie, je descends de chaire; je t'ai
montré les deux routes, prends l'une ou l'autre : ce n'est plus
mon affaire. Conduis-toi comme je dis et non pas comme je fais.
Je suis un scélérat, c'est vrai; mais je ne suis pas le premier qui ai
prêché pour la droite en détournant par la gauche.

SCÈNE VIII.

CIMBAR ET FAUST.

CIMBAR.

Vous voilà de retour... et la beauté céleste?

FAUST.

Tous mes membres frissonnent encore de plaisir... Ah! quand
pourrai-je la revoir, lui parler, lui dire?...

CIMBAR.

Tudieu! docteur, que d'impatience!... il vous faut au moins
quinze jours.

FAUST.

Quinze jours? Ah! si pour la voir il me fallait attendre quelques
heures, je deviendrais fou.

CIMBAR.

Oh! oh! vous parlez en Français! prenez patience, docteur, je
vous en prie; que sert-il de brusquer la jouissance et la jeunesse?
Pour trouver le plaisir, il faut le chercher long-temps. Commencez donc par prendre la peine d'instruire, de préparer ce jeune
cœur par mille petits soins pleins de charmes.

FAUST.

Mais le feu qui me dévore...

CIMBAR.

Je vous assure qu'avec cette belle enfant on ne saurait aller si grand train ; ce n'est pas la brusquerie, c'est la ruse qu'il nous faut employer.

FAUST.

Au moins si j'avais quelque chose qui eût touché sa personne, si je pouvais me procurer le mouchoir qui a couvert son sein, la ceinture qui a pressé sa taille.

CIMBAR.

Pour vous prouver que je suis sensible à votre amoureuse peine, je veux vous ménager un rendez-vous.

FAUST.

Eh ! tu crois ?...

CIMBAR.

Laissez-moi faire... A-t-elle quelque amie ? fréquente-t-elle ?...

FAUST.

Elle a pour voisine une dame Marthe.

CIMBAR.

De quel âge ?

FAUST.

Vingt-six ans.

CIMBAR.

Veuve peut-être ?

FAUST.

Elle n'en sait rien elle-même.

CIMBAR.

Comment ! elle n'en sait rien ?

FAUST.

Son mari a disparu ; depuis long-temps on n'en a pas de nouvelles.

CIMBAR.

C'est bien... je vous promets un tête-à-tête avec Marguerite.

FAUST.

Et je pourrai la voir ?

CIMBAR,

Sans doute.

FAUST,

La presser dans mes bras?

CIMBAR.

Oui, si elle veut bien vous le permettre.

FAUST.

Quel bonheur!

CIMBAR,

Mais il faut d'abord lui faire un présent digne d'elle.

FAUST.

Oh! avec plaisir!

CIMBAR.

Débuter par des présens, voilà qui ira le mieux du monde.

FAUST.

Pour m'en faire aimer, je sacrifierais tous les trésors de l'univers !

CIMBAR.

Quel présent lui ferez-vous?

FAUST,

Une parure de perles et de diamans.

CIMBAR.

Des diamans! docteur, des diamans! vous avez raison : avec
cela on touche le cœur des femmes, on l'ébranle, on l'agite, on
le trouble, on le force à se rendre. Des diamans!

FAUST.

Mais comment les lui faire parvenir?

CIMBAR.

Que vous êtes simple! La mère est malade; allez la voir
comme médecin. Ce sont de bonnes gens, simples comme
vous, (*se reprenant*) non, comme des moutons. Soyez sans gêne
avec eux. Promenez-vous avec importance dans la chambre de la
malade, en long et en large; examinez gravement les localités;
considérez du haut en bas les portes, les fenêtres; ouvrez celle-ci,
fermez celle-là; faites allumer du feu dans cette cheminée, faites
éteindre celui-là; parlez de courant d'air, d'air froid, d'air chaud,

de changemens de température, d'exposition au nord, au midi ;
allez, venez d'une chambre à l'autre, et, en passant, déposez furti-
vement dans celle de Marguerite, sur sa commode, sous quelque
chose, sous une robe, sous une jupe, sous un fichu, sous l'oreiller
de son lit, le présent que vous voulez lui faire.

FAUST.

Tu as raison, cela me procurera de plus le plaisir de la revoir.

CIMBAR.

Et vous fera patienter jusqu'au tête-à-tête que je vous promets... Fiez-vous-en à moi.

FAUST.

Que je serais heureux ! ah ! ces jouissances terrestres, ces
émotions ardentes que je croyais si faciles à épuiser, je donnerais
à présent ma vie entière, toutes les espérances de l'avenir pour
les éprouver !... Je suis dégoûté de toute science ; je renonce
à des espérances trompeuses ; je m'élance au hasard sur les vagues tremblantes du destin ! je me précipite dans l'abîme des
passions humaines ! que mes désirs ardens y fermentent et s'y
apaisent ! que la douleur et la joie, que le bonheur et le malheur
se succèdent avec violence ! qu'une destinée nouvelle s'écroule
sur la première ! je me consacre au tumulte de la vie ! oui, puisque je n'ai pu dévoiler la nature... eh bien !...

CIMBAR.

Vous dévoilerez la beauté ; vous goûterez un peu de tout : vous
attraperez au vol ce qui se présentera.

FAUST.

...Je veux que la violence de mes émotions fatigue les désirs
qui me dévorent ! Les merveilles de la création resteront incom-
préhensibles pour mon intelligence...

CIMBAR.

Mais vous jouirez du chef-d'œuvre du Créateur.

FAUST, *continuant.*

...Mais je me précipiterai...

CIMBAR.

Dans ses bras amoureux !

FAUST, *continuant*.

...A travers le fracas du monde; que j'y rencontre la peine ou le plaisir...

CIMBAR.

Oh! le plaisir, docteur, le plaisir.

FAUST, *sans l'écouter*.

...Il n'importe; je ne fuis que le repos; je ne cherche..,

CIMBAR.

Que la volupté.

FAUST, *continuant*.

...Que l'agitation!

FIN DU PREMIER ACTE.

ACTE II.

La scène se passe dans le village de Romlique, aux environs de Willem-
berg. Le théâtre représente un jardin : c'est celui de Marthe.

SCÈNE PREMIÈRE.

MARTHE, *seule.*

Mon pauvre cher homme (Dieu le lui pardonne!) s'est mal
conduit envers moi. S'en aller courir le monde et me laisser seule
sur la paille! Je ne lui en ai pourtant pas donné l'occasion : jamais
je ne lui ai causé de chagrin, et je l'aimais!... Dieu sait si j'étais
froide avec lui! Qu'est-il devenu? (*Elle pleure.*) Peut-être est-il
mort?... que je suis malheureuse! Encore, si j'avais son extrait
mortuaire!

SCÈNE II.

MARTHE ET MARGUERITE.

MARGUERITE.

Dame Marthe!

MARTHE.

Eh bien! Marguerite, qu'y a-t-il?

MARGUERITE.

Je puis à peine me tenir sur mes jambes! Je viens de trouver
dans ma chambre une si jolie boîte... elle est pleine de choses
d'une magnificence!...

MARTHE.

Ne va pas le dire à ta mère!

MARGUERITE.

Mais voyez donc! regardez donc!

MARTHE, *lui ajustant la parure.*

Heureuse créature!

MARGUERITE.

Malheureusement, je n'oserais me montrer ainsi, ni dans les rues, ni à l'église!... Pauvre comme je suis! quel dommage!

MARTHE.

Viens souvent chez moi, tu essaieras cette parure sans que personne te voie; tu te promèneras devant le miroir, et nous passerons ainsi de bons momens; puis, à la première occasion, à la fête du village, tu prendras d'abord les boucles d'oreilles, un autre jour les bracelets... plus tard la chaîne. Tu montreras tout pièce par pièce, l'une après l'autre; tu habitueras petit à petit le monde à t'en voir parée. Ta mère ne s'en apercevra pas, ou nous lui donnerons quelque prétexte.

MARGUERITE.

Tu crois?

MARTHE.

Eh! mon Dieu! combien de dames portent des diamans que leurs maris n'ont pas payés!

MARGUERITE.

Quelle parure! la femme d'un prince en serait fière!... Cette chaîne... comme elle m'irait bien! Si j'avais seulement ces boucles d'oreilles! comme cela donne un autre air! On a beau être jeune et jolie... personne n'y prend bien garde... C'est l'or qu'on voit! c'est lui qu'on recherche! Ah! pauvres filles!... Mais qui donc a pu m'apporter de si belles choses? Il y a là-dessous quelque..... Ce n'est pas naturel.

SCÈNE III.

CIMBAR, MARTHE et MARGUERITE.

CIMBAR.

Je suis bien hardi de m'introduire si brusquement chez ces dames; je leur en demande mille pardons... Je désirerais parler à madame Schwerdlein.

MARTHE.

C'est moi, monsieur, qu'avez-vous à me dire?

CIMBAR, *bas.*

Je vous connais maintenant; cela me suffit. (*Haut.*) Vous avez
une visite d'importance... Pardonnez-moi la liberté que j'ai prise;
je reviendrai dans la soirée.

MARTHE.

Imagine-toi, chère enfant, monsieur te prend peut-être pour
une demoiselle de qualité!

MARGUERITE.

Ah! mon Dieu, je ne suis qu'une pauvre jeune fille! Monsieur
est beaucoup trop bon; cette parure ne m'appartient pas

CIMBAR.

Oh! ce n'est pas seulement la parure;... mais vous avez un air
si distingué, un regard si fin!

MARGUERITE.

D'ailleurs, monsieur doit me connaître; il m'a déjà vue chez
le docteur Faust.

CIMBAR, *s'asseyant.*

Je suis charmé que vous me permettiez de rester.

MARTHE.

Que vient faire monsieur? que désire-t-il?

CIMBAR.

Je voudrais vous porter une nouvelle plus gaie, mais j'espère
que vous ne m'en voudrez pas.

MARTHE.

Qu'est-ce donc?

CIMBAR.

Votre mari est mort.

MARTHE.

Miséricorde! il est mort! mon cher, mon fidèle époux est mort!

CIMBAR.

Il m'a chargé de ses derniers complimens pour vous.

MARTHE.

Ah! je sens que je vais le suivre!

MARGUERITE.

Chère dame! ne vous désespérez pas.

CIMBAR.

Écoutez le triste récit de sa fin.

MARGUERITE.

Voilà pourquoi je ne veux jamais aimer ; une telle perte me rendrait triste jusqu'à la mort !

MARTHE.

Oui, racontez-moi comment il a fini de vivre...

CIMBAR.

Il est enterré à Padoue, en terre sainte, près des reliques de saint Antoine. Sa couche est fraîche : que son repos soit paisible !

MARTHE.

Ne vous a-t-il rien confié pour moi ?

CIMBAR.

Si fait.

MARTHE.

Ah ! voyons donc !

CIMBAR.

Il vous prie de lui faire chanter trois cents messes.

MARTHE.

Et il ne vous a chargé...

CIMBAR.

De rien autre chose.

MARTHE.

Quoi ! pas un souvenir ! pas un pauvre petit gage d'amitié. Il n'est pas de goujat qui ne conserve au fond de son sac quelque bijou, dût-il mendier, dût-il mourir de faim !

CIMBAR.

Madame, j'en suis désolé ! il ne jetait pourtant pas son argent par les fenêtres. Ah ! si vous saviez comme il s'est repenti de ses fautes, et surtout comme il se lamentait sur son dernier malheur !

MARGUERITE.

Faut-il que les hommes soient si malheureux ! Certainement je lui ferai dire quelques *requiem.*

MARTHE, *ayant l'air de pleurer.*

Et moi, je ferai chanter ce soir un *libera me.*

CIMBAR, *à Marguerite.*

Aimable enfant! pourquoi n'êtes-vous pas déjà mariée?

MARGUERITE.

Oh! rien ne presse.

CIMBAR.

Si ce n'est un mari, au moins un amant, en attendant. On serait si heureux de vous posséder!

MARGUERITE.

Ce n'est pas l'usage du pays.

CIMBAR.

Usage ou non, essayez-en, croyez-moi.

MARTHE.

Racontez-moi donc....

CIMBAR.

Je l'assistais à son dernier moment; j'étais assis près de lui : il n'était pas couché sur du fumier; c'était sur de la paille à moitié fraîche...Oh! il est mort en bon chrétien; il ne se trouvait pas puni comme il le méritait. « Ne dois-je pas, s'écriait-il, me détester de tout mon cœur? Avoir ainsi abandonné mon métier et ma femme! ce souvenir me tue! Encore, si elle me pardonnait en cette vie!»

MARTHE.

Je lui pardonne! je lui pardonne! Le pauvre cher homme! il y a long-temps que je lui ai pardonné.

CIMBAR.

« Dieu sait pourtant, ajoutait-il, que c'est plutôt sa faute que la mienne. »

MARTHE.

Il en a menti, le vaurien! Quoi! mentir ainsi un pied dans la fosse!

CIMBAR.

Il radotait probablement à sa dernière heure, autant que je puis m'y connaître. « Je n'avais pas, continuait-il, un instant de loisir : il fallait d'abord lui faire des enfans, puis gagner du pain pour les nourrir, et du pain c'était bien en effet tout ce que je pouvais gagner, encore ne pouvais-je en manger un morceau en paix! »

MARTHE.

Le brutal! a-t-il donc oublié ma fidélité et mon amour? tout ce que j'avais à souffrir de lui la nuit et le jour?

CIMBAR.

Oh! non; il pensait au contraire à vous bien souvent, et même avec tendresse. « Quand je partis de Malte, disait-il, je priais ardemment pour ma femme et mes enfans : cette fois le ciel me fut favorable; notre vaisseau prit un bâtiment turc qui portait un trésor au grand sultan. Notre courage fut bien récompensé; j'en eus ma bonne part. »

MARTHE.

Eh! qu'en a-t-il fait? peut-être l'a-t-il enfoui?

CIMBAR.

Autant en emporte le vent! Un jour qu'il se promenait autour de Naples, une belle demoiselle s'attache à lui; ils font connaissance, et elle lui donne son amour, mais un amour si tenace, qu'il s'en est ressenti jusqu'à la mort.

MARTHE.

Le malheureux! voler ainsi ses enfans! Tant de misère et de souffrance n'avait donc pu le corriger de son libertinage?

CIMBAR.

En fin de compte, il est mort : si j'étais à votre place, je le pleurerais pendant un an, c'est l'usage, et en même temps j'en chercherais quelque autre.

MARTHE.

Malgré tous ses défauts, en trouverai-je jamais un qui le vaille? C'était un fou charmant! seulement, il était un peu coureur; il aimait un peu trop les voyages, les vins étrangers, les femmes étrangères et le maudit jeu de dés.

CIMBAR.

Allons! vous n'étiez pas encore trop à plaindre; il était assez bon diable pour vous en passer à peu près autant. Je vous jure, moi, qu'à cette condition je suis prêt à prendre sa place.

MARTHE.

Oh! monsieur veut rire.

CIMBAR, *à part.*

N'allons pas plus loin ; elle serait femme à prendre le diable au mot. Je me suis fait un principe dont je ne me départs jamais, c'est qu'un homme comme moi, qui tantôt s'élève aux nues et tantôt se traîne dans la boue, ne doit jamais en voyage s'embarrasser de femme : on en trouve assez partout, Dieu merci ! (*A Marguerite.*) Comment va le cœur, jeune fille ?

MARGUERITE.

Que veut dire monsieur ?

CIMBAR.

Aimable et innocente enfant !...

MARTHE.

Encore un mot, je vous prie ; je voudrais faire attester par des témoins quand, où et comment mon pauvre homme est mort : j'ai toujours aimé que les choses se fissent en règle ; je voudrais aussi que sa mort fût mise dans les petites affiches.

CIMBAR.

Oui, chère dame, la nouvelle en sera attestée devant un magistrat par deux témoins. J'ai un de mes amis qui jurera pour votre service ; je vais vous l'amener.

MARTHE.

Oh ! oui, je vous en prie !

CIMBAR.

Attendez-nous ici, et mademoiselle aussi !... Mon ami est un excellent garçon ; il a beaucoup voyagé ; nous nous sommes rencontrés dans nos voyages. (*A Marguerite.*) Vous resterez, n'est-il pas vrai ?

MARGUERITE.

Je serais toute honteuse devant ce monsieur.

CIMBAR.

Vous n'ayez pas sujet de l'être devant aucun roi de la terre..... C'est le docteur Faust !

MARGUERITE.

C'est différent... je cours vite remporter ces bijoux... Je crains qu'on ne les voie... Dame Marthe, venez avec moi.

CIMBAR.

Vous allez revenir, n'est-ce pas?

MARGUERITE.

Oh! de suite! Nous allons cacher cela quelque part.

(Elles sortent.)

SCÈNE IV.

CIMBAR, *seul.*

Cette parure est superbe!... elle doit être d'un prix!... si je pouvais mettre la main dessus!... (*Il réfléchit.*) Je me déguise en jésuite; je vais trouver la mère de Marguerite; je prends un air patelin et mystique;... je lui parle de ce présent;... je lui dis qu'on en jase dans le village; qu'il va ternir la réputation de sa fille, nuire à son établissement. Bravo! il sera bientôt à moi, et, qui sait? peut-être aussi par la suite aurai-je l'innocente Marguerite! Elle est vraiment belle!... c'est presque un ange... j'en suis amoureux... et c'est moi qui la livre au docteur!... La lui souffler me semble un coup de maître! Cimbar, réveille ton génie! mets-le en activité! déploie toutes les ressources de ton habileté! Il s'agit d'enlever des diamans et le cœur d'une jeune fille!

SCÈNE V.

FAUST ET CIMBAR.

FAUST.

Eh bien! où en sommes-nous? nos affaires avancent-elles?

CIMBAR.

Bravo! docteur, j'aime à vous voir ainsi tout en feu!... Sous peu Marguerite est à vous. A l'instant même vous allez la voir paraître avec sa voisine, dame Marthe, femme précieuse pour le rôle que je lui destine.

FAUST.

Bien! très-bien!

CIMBAR.

Mais on exige quelque chose de nous.

FAUST.

Un service en mérite un autre.

CIMBAR.

Nous aurons à attester juridiquement que les membres de M. Swerdlein reposent dans le cimetière de Padoue.

FAUST.

Soit : il nous faudra donc en faire le voyage?

CIMBAR.

Sancta simplicitas! vous en êtes encore là? vous jurerez sans savoir ce qui en est.

FAUST.

Si tu n'as pas d'autre moyen d'obliger cette dame, il faut changer de plan.

CIMBAR.

O le saint homme! Est-ce donc la première fois que vous aurez affirmé ce que vous ne savez pas? Dans vos cours de théologie n'avez-vous pas mille fois défini, avec une assurance effrontée, Dieu, le monde et ce qu'il renferme, l'homme et ce qui se passe dans sa tête et dans son cœur?... Vous tranchiez ces questions doctoralement, avec un front d'airain!.. Descendez en vous-même, et vous avouerez que vous n'en saviez pas plus là dessus que sur la mort de M. Swerdlein.

FAUST.

Tu es et seras toujours un menteur et un sophiste.

CIMBAR.

Et aujourd'hui même, n'allez-vous pas en tout bien, tout honneur séduire cette pauvre Marguerite? lui jurer un amour éternel?

FAUST.

Sans doute, et du fond du cœur!

CIMBAR.

Allons donc! Et vous lui serez fidèle éternellement?

FAUST.

Trève de plaisanterie... Oui, je le lui jurerai d'un cœur sincère! Je sens vivement; mon imagination s'exalte; pour peindre mes sensations, je cherche des expressions, je saisis les plus énergiques; ainsi ce feu dont je brûle, je l'appelle infini, éternel.

CIMBAR.

Donc j'ai raison !

FAUST.

Écoute, et je t'en supplie, épargne mes poumons ; on a toujours
raison avec une langue comme la tienne. Je suis las de la dispute ;
j'aime mieux me taire et te donner raison.

(Cimbar s'éloigne de quelques pas pour voir si Marthe et Marguerite revien-
nent ; Faust est rêveur.)

CIMBAR *vivement*.

Mais allons donc, docteur, de la gaieté !... elles viennent !...
Comme vous êtes sombre !... ne vous voilà-t-il pas bien à plaindre ?
Il s'agit de la voir, de lui parler, de lui tourner la tête, comme
elle a tourné la vôtre !

SCÈNE VI.

MARGUERITE et MARTHE, FAUST et CIMBAR.

MARGUERITE.

Je sens bien que monsieur me ménage ; il s'abaisse jusqu'à moi
pour ne pas m'humilier. Les messieurs bien élevés ont l'habitude
de s'accommoder ainsi, par bonté, de tout ce qu'ils rencontrent ;
mais quelle apparence qu'un homme si savant trouve du plaisir
à parler à une jeune fille comme moi ?

FAUST.

Un seul de tes regards, une seule de tes paroles m'en disent plus
que toute la science de l'univers.

(Il lui baise la main.)

MARGUERITE.

Oh ! mon Dieu ! que faites-vous là ? comment pouvez-vous baiser
ma main ? elle est si rude, si vilaine ! si vous saviez tout l'ouvrage
que je fais... ah ! ma mère me fait bien travailler !

FAUST.

La main qui fait le ménage n'en est pas moins douce à baiser.

(Ils passent.)

MARTHE, *à Cimbar*.

Eh quoi ! monsieur, vous voyagez donc toujours, toujours ?

CIMBAR.

Ma profession et ma santé m'y obligent; je quitte certains lieux avec regret, mais je ne puis y rester.

MARTHE.

Dans la force de l'âge ce n'est pas un mal de courir le monde, c'est même amusant, et cela va bien tant qu'on est jeune; mais la vieillesse arrive, et se traîner seul au tombeau en vieux garçon, c'est bien triste! personne encore ne s'en est bien trouvé.

CIMBAR.

Oh! cet avenir m'épouvante!

MARTHE.

C'est pour ça!.. pendant qu'il en est temps, avisez-vous donc!

(Ils passent; Marguerite et Faust reparaissent.)

MARGUERITE.

Hélas! quand vous m'aurez quittée, vous ne penserez plus à moi; vous êtes aimable avec tout le monde, et vous devez connaître quantité de dames qui toutes, j'en suis sûre, ont bien plus d'esprit que moi.

FAUST.

Ma chère Marguerite! ce qu'on appelle de l'esprit n'est le plus souvent que de l'amour-propre, de la coquetterie.

MARGUERITE.

Comment?

FAUST.

La simplicité, l'innocence, ne sauront-elles donc jamais s'apprécier? Un cœur comme le tien est le don le plus précieux de la nature!

MARGUERITE.

Peut-être vous penserez à moi quelque temps; mais moi j'aurai le loisir de penser toujours à vous.

FAUST.

Tu es donc seule bien souvent?

MARGUERITE.

Oui. Notre ménage est peu de chose; il y a pourtant beaucoup à faire; nous n'avons point de servante: c'est moi qui fais la cuisine,

qui soigne le linge ; je couds, je tricote, je vais, je viens du matin
au soir ; ma mère est si regardante ! Ce n'est pas qu'elle y soit
obligée : Dieu merci ! nous pourrions nous moins gêner comme
bien d'autres ; mon père nous a laissé une petite fortune, une jolie
maison et un jardin à l'entrée de la ville. Mais à présent j'aurai
moins d'ouvrage : mon frère est soldat ; ma petite sœur est morte ;
la pauvre malheureuse m'a donné bien des peines ! mais je les prenais de bon cœur : je l'aimais tant !

FAUST.

Si elle te ressemblait, c'était un ange !

MARGUERITE.

Elle naquit après la mort de mon père ; ma mère tomba malade ;
nous pensâmes la perdre. Sa convalescence fut longue ; elle ne
put songer à nourrir de son lait cette pauvre petite ; je l'élevais
toute seule en lui faisant boire du lait et de l'eau. Toujours dans
mes bras, sur mon sein, elle me prit en amitié ; bientôt elle mar-
cha ; elle grandissait à vue d'œil... Qu'elle était gentille !... je l'ap-
pelais ma fille !

FAUST.

Tu étais alors bien heureuse ?

MARGUERITE.

J'avais aussi de bien mauvais momens ! Pendant la nuit son
berceau était près de mon lit ; quand elle remuait, je m'éveillais,
je lui donnais à boire, je la couchais à côté de moi ; si elle criait, je
sautais à bas du lit, je la promenais dans la chambre, je dansais
avec elle, et, de grand matin, j'allais à la fontaine, au marché :
puis, je faisais la cuisine. Le lendemain, il fallait recommencer :
je n'étais pas toujours de bonne humeur ; mais j'y gagnais beaucoup d'appétit, et je dormais avec plaisir.

(Ils passent ; Marthe et Cimbar reparaissent.)

MARTHE.

Les pauvres femmes en portent la peine pourtant : un vieux
garçon est difficile à convertir.

CIMBAR.

Il faudrait une femme comme vous pour me remettre à bien.

MARTHE.

Dites donc, Monsieur, n'en avez-vous pas encore trouvé? n'a-
vez-vous pas donné votre cœur?

CIMBAR.

Le proverbe dit : Une bonne maison et une bonne femme va-
lent mieux que de l'or et des perles.

MARTHE.

Je vous demande si vous n'avez pas encore pris d'engagement?

CIMBAR.

Avec les femmes il ne faut jamais trop plaisanter.

MARTHE.

Ah ! vous ne m'entendez pas !

CIMBAR.

J'en suis vraiment désolé ; mais je comprends que vous avez
beaucoup de bonté.

(Ils passent; Faust et Marguerite reparaissent.)

FAUST.

Tu m'as donc reconnu, cher ange?

MARGUERITE.

N'avez-vous pas vu? J'ai baissé les yeux.

FAUST.

Douce amie !

MARGUERITE.

Laissez-moi...

(Elle cueille une fleur, et en détache les feuilles l'une après l'autre.)

FAUST.

Que veux-tu faire? Un bouquet?

MARGUERITE.

Non, rien: un jeu.

FAUST.

Qu'est-ce donc ?

MARGUERITE.

Vous allez vous moquer de moi.

(Elle détache les feuilles de cette fleur et parle tout bas.)

FAUST.

Que dis-tu?

MARGUERITE, *à moitié haut.*

Il m'aime, il ne m'aime pas!

FAUST.

Oh! cher ange du ciel!

MARGUERITE.

Il m'aime.... pas.... il m'aime.... pas... (*Elle arrache la dernière feuille, et s'écrie avec joie*) : Il m'aime!

FAUST.

Oui, mon enfant! Que l'expression de cette fleur soit pour toi l'oracle de mon cœur! Il t'aime! comprends-tu bien ce mot? il t'aime!

MARGUERITE.

Je tremble!

FAUST.

Ne tremble pas! (*Lui prenant les deux mains.*) Que mes regards fixés sur les tiens, que mes mains serrées dans les tiennes, te disent ce qui ne peut s'exprimer! Livre-toi tout entière à un bonheur qui doit être éternel! oui, éternel! Sa fin serait le désespoir! Non, point de fin! point de fin! (*Marguerite presse ses mains et l'embrasse.*) Baiser plein d'amour, je te retiens sur mes lèvres brûlantes! Un sang plus pur, plus jeune circule dans mes veines! mon cœur est rempli d'une tendresse extrême! Des désirs d'une incroyable douceur me transportent! dans mon sein trop étroit, mon vaste cœur bat péniblement! dans ce cœur brûlant je sens un nouveau monde s'agiter!

MARGUERITE.

Cher ami, que je t'aime!

FAUST.

Mot charmant! il me rappelle aux émotions de mon enfance! Répète-le-moi encore ce mot d'une douceur céleste!.. Mes larmes coulent! Ange de beauté et d'innocence, tu m'as arraché à la mort! mes sens étaient froids, mon cœur glacé!.... Ah! je commence à vivre! pour la première fois je connais le bonheur!

(Ils s'éloignent. Cimbar et Marthe reparaissent.)

MARTHE.

La nuit arrive.

CIMBAR.

Il faut nous séparer.

MARTHE.

Je vous engagerais bien à rester plus long-temps, si n'était la méchanceté des gens de cet endroit; il semble qu'ils n'aient rien à faire qu'à espionner leurs voisins; on devient l'objet de leurs bavardages, de quelque façon qu'on se conduise.... Eh! que sont-ils devenus ?

CIMBAR.

Ils se sont envolés.

MARTHE.

Il a l'air de l'aimer beaucoup.

CIMBAR.

Et elle aussi. Ainsi va le monde. Au revoir.

MARTHE.

Adieu, monsieur Cimbar!

FIN DU SECOND ACTE.

ACTE III.

Le théâtre représente la chambre de Marguerite.

SCÈNE PREMIÈRE.

FAUST et CIMBAR.

CIMBAR.

Entrez doucement... nous y voilà !... Eh bien ! il n'y a personne !
(*Regardant autour de lui.*) Je n'ai jamais vu la chambre d'une jeune
fille si bien tenue... Personne n'arrive... Allons chercher Marthe.

(Il sort.)

SCÈNE II.

FAUST, seul.

Je te salue, sanctuaire de l'innocence !... Comme tout respire
ici la paix, l'ordre et le contentement ! que de richesse dans cette
simplicité ! que de bonheur dans ce réduit ! Et ce fauteuil !... que
de générations il a dû recevoir dans ses bras ! que de fois une troupe
d'enfans a dû se presser autour de ce trône de famille !... Peut-être
ma bien-aimée, au saint jour de Noël, le cœur plein d'une piété
tendre, recevait ici la bénédiction de son aïeul ; ici, sans doute,
sa bouche enfantine baisait la main flétrie du vieillard !... O chère
enfant ! je sens autour de moi cet esprit d'ordre et de soin qui,
chaque jour, préside à tes occupations. Embellie par une main si
chère, une chaumière devient le parvis du ciel !... et ici (*il sou-
lève le rideau du lit*), je tressaillis !... un charme voluptueux me
transporte ! Ici, que les heures couleraient doucement ! Nature !
c'est ici que des songes légers ont révélé tes mystères à cet ange
d'innocence ! ici son jeune cœur a palpité ! ici s'est développée
cette brillante image de la Divinité !

SCÈNE III.

CIMBAR et FAUST.

CIMBAR.

Par le feu de l'enfer! par la rage du diable! si je connaissais un jurement plus affreux, je voudrais m'en servir.

FAUST.

Qu'as-tu donc qui t'intrigue si fort? Je n'ai vu de ma vie une figure comme la tienne.

CIMBAR.

Je me donnerais au diable !

FAUST.

As-tu quelque chose de dérangé dans la tête? Tu te démènes comme un furieux.

CIMBAR.

Imaginez! cette parure que vous avez donnée à Marguerite, un jésuite s'en est emparé. Marthe vient de me le raconter. Voici le fait : La mère a vu le présent, la peur l'a saisie... la bonne femme a l'odorat fin : toujours le nez dans son livre de prières, elle a appris à distinguer ce qui est saint de ce qui est profane ; elle a donc reconnu de suite que cette parure n'apporterait pas grande bénédiction au logis : « Mon enfant, s'est-elle écriée, le bien mal acquis souille l'âme et nous damne ! nous allons donner ces belles choses à la sainte Vierge ; elle nous nourrira du pain des anges. » La pauvre Marguerite faisait une triste mine, en disant tout bas : « Certainement ce n'est pas un impie celui qui nous a fait ce beau présent. » Sur ces entrefaites un jésuite se présente, et profite de l'occasion : « Vous avez, a-t-il dit, une bonne pensée, c'est s'enrichir » que de se priver ainsi : l'Église vous débarrassera de ce fardeau » de corruption; l'Église sanctifie le bien mal acquis : elle s'est » ainsi chargée de plusieurs pays pour la plus grande gloire de Dieu; » elle se chargerait même de l'univers entier, sans en être le moins » du monde embarrassée. »

FAUST.

L'Église fait comme les usuriers et les rois.

CIMBAR.

L'hypocrite a empoché pendans, bagues, chaines, bracelets,

comme si c'était une vétille, et n'a pas plus remercié que s'il em-
portait un sac de noix : il leur a promis le ciel, et elles ont été
fort édifiées.

FAUST.

Et Marguerite ?

CIMBAR.

Marguerite est inquiète, rêveuse ; elle ne sait ce qu'elle veut ni
ce qu'elle doit faire : elle pense nuit et jour aux bijoux et encore
plus à celui qui les lui a donnés.

FAUST.

Le chagrin de la pauvre enfant m'afflige ; procure-toi sur-le-
champ un autre écrin. Tiens, voici la clef de mon secrétaire : tu
y trouveras de l'or et des billets de banque, cours m'en acheter un
autre.

CIMBAR, à part.

Bravo ! main basse sur le secrétaire... Un pareil fou amoureux
mettrait en fusée le soleil, la lune et les étoiles pour amuser un
instant sa maîtresse.

SCÈNE IV.

MARGUERITE : elle tient une lampe. FAUST est au fond de la
chambre.

MARGUERITE.

Comme il fait chaud ! je suis toute... je ne sais comment. (Elle
ouvre la fenêtre.) Pourtant l'air est assez frais... Je sens un feu...
je tremble de tous mes membres ; pourtant ma mère rentrera
tard... Oh ! je suis une pauvre fille bien craintive et peu raisonnable !... Mon Dieu ! comment un tel homme s'est-il avisé de m'aimer ?... Un savant comme celui-ci pense tout, fait tout : j'ai honte
devant lui. Je ne sais que lui dire : je lui réponds toujours oui.
Oh ! je suis une pauvre fille bien ignorante, et je ne comprends pas
ce qu'il peut trouver en moi.....

FAUST.

Fille céleste !

MARGUERITE.

Ah !... tu étais là ?.....

FAUST.

Que je t'aime !

MARGUERITE.

Oh! si je pouvais tout un jour me tenir enchaînée à tes côtés!...
Assieds-toi là... Henri, j'ai quelque chose à te demander.

FAUST.

Dispose de tout ce qui est en mon pouvoir, chère amie.

MARGUERITE.

Eh bien, dis-moi, quelle est ta religion? Tu as un bon cœur;
mais je crains que tu ne songes guère à ton salut.

FAUST.

Laissons cela, mon enfant; tu sais bien que je t'aime. Je donnerais pour toi mon sang et ma vie!

MARGUERITE.

Cela ne suffit pas; il faut avoir de la religion.

FAUST.

Il faut en avoir, dis-tu?

MARGUERITE.

Oh! si je pouvais quelque chose sur toi!... avoue-le-moi : tu
ne fréquentes guère les églises? hélas! tu ne crois peut-être pas
en Dieu?

FAUST.

Celui qui embrasse et soutient l'univers nous tient aussi dans
sa main puissante; il courbe la voûte des cieux, il affermit la terre
sous nos pas; il ordonne aux étoiles de suivre paisiblement leur
cours... Quand mes yeux se fixent sur les tiens, ta beauté enflamme mes sens, ton cœur attire le mien, un charme invisible se
répand autour de toi; quelle en est la cause?... Adorons cet éternel mystère.

MARGUERITE.

Au fond tu n'es pas chrétien?

FAUST.

Chère enfant!

MARGUERITE.

Ce qui me fait aussi de la peine c'est de te voir toujours avec
une telle société.

FAUST.

Comment donc?

MARGUERITE, *vivement.*

Cet homme qui est toujours avec toi, je le hais du fond de mon
âme; rien au monde ne m'a jamais tant déplu que son odieux
visage!

FAUST.

Chère ange, ne le crains pas!

MARGUERITE.

Il m'inspire une humeur sombre, une inquiétude vague; sa
présence me glace le sang... sa voix retentit là... dans mon cœur;
elle le fait frémir, elle le ronge!... Ne l'éprouves-tu pas comme
moi?

FAUST.

Mon enfant, tu te trompes... peut-être.

MARGUERITE.

Je suis bienveillante pour tout le monde; mais il m'inspire autant d'horreur que ta vue me cause de plaisir! je le tiens pour un
misérable : Dieu me pardonne, si je lui fais injure!

FAUST.

Il faut qu'il y ait des êtres de cette espèce.

MARGUERITE.

Dieu me préserve de vivre avec aucun! Quand il entre, il me
regarde d'un air moqueur et moitié colère!... un sourire mauvais..... il porte sur le front qu'il n'aimera jamais personne. Tu
sais combien je suis heureuse dans tes bras; une douce chaleur
m'anime, le bonheur me transporte : eh bien! sa présence me
trouble.

FAUST.

Instinct de l'innocence!

MARGUERITE.

Il est si rebutant que lorsqu'il nous regarde, je pense, en vérité
que je ne t'aime plus. Je ne pourrais pas prier Dieu devant lui...
enfin il me serre le cœur! N'éprouves-tu pas la même chose?

FAUST.

Ce sont les effets de l'antipathie.

MARGUERITE.

Je te quitte pour un moment : je vais voir si ma mère et mon frère ne sont pas rentrés ; si elle était de retour, elle pourrait s'impatienter, et si elle venait ici, nous serions perdus !

FAUST.

Ne pourrai-je donc jamais reposer doucement une heure sur ton sein, presser ton cœur sur mon cœur, perdre mon âme dans la tienne ?

MARGUERITE.

Ma mère a le sommeil léger, et si elle nous surprenait, j'en mourrais sur la place.

FAUST.

Sois sans inquiétude, chère amie ! prends ce flacon... dix gouttes seulement dans son verre et tous ses sens seront ensevelis dans un profond sommeil.

MARGUERITE.

Que ne fais-je pas pour toi ? mais tu es bien sûr qu'elle n'en éprouvera aucun mal ?

FAUST.

Te le conseillerais-je sans cela, ma bien-aimée ?

MARGUERITE.

Mon ami, quand je te regarde, quelque chose me force à vouloir ce que tu veux : j'ai déjà fait tant pour toi, qu'il ne me reste presque plus rien à faire.

(Elle sort.)

SCÈNE V.

FAUST ET CIMBAR.

CIMBAR.

L'innocente brebis est-elle partie ?

FAUST.

Tu nous espionnais peut-être ?

CIMBAR.

Oh ! j'ai entendu de reste ! Monsieur le docteur a été catéchisé ; j'espère que cela lui profitera : les femmes sont intéressées à ce que les hommes soient dévots et dociles comme dans le vieux temps. S'ils sont habitués au joug, pensent-elles, nous saurons bien leur faire porter le nôtre.

FAUST.

Tu ne peux comprendre cette âme tendre et fidèle. Confiante
dans une religion qui promet un bonheur éternel, elle se tourmente pieusement de la crainte que son amant ne soit réprouvé
pour l'éternité.

CIMBAR, *à part.*

Voyez cet amoureux libertin et romanesque! une petite fille le
mène par le bout du nez! (*Haut.*) Au reste, elle se connaît fort
bien en physionomie : en ma présence elle est troublée sans
savoir pourquoi; elle soupçonne quelque chose de grand, de terrible en ma personne; elle sent bien que je suis, à coup sûr, un génie; peut-être même ose-t-elle croire que je suis le diable? Hé!
hé!... (*à part.*) Je vois qu'il ne faut plus songer à sa conquête...
mais ce soir...

FAUST.

Eh bien! que veux-tu dire?

CIMBAR.

Ce soir j'aurai ma part de joie, (*à part*) je prendrai ma revanche. (*Haut.*) Vous lui avez remis le flacon que je vous ai donné?

FAUST.

Oui.

CIMBAR.

Vous avez bien fait : il vous débarrassera de la mère, (*à part*)
avec dix gouttes son affaire sera faite.

FAUST.

N'apportes-tu pas quelque parure pour ma bien-aimée?

CIMBAR.

J'ai là quelque chose, comme un collier de perles et un écrin.

FAUST.

A la bonne heure : je n'aime pas à me présenter à elle les
mains vides.

CIMBAR.

J'ai pris l'assortiment complet.

FAUST.

Cet écrin n'est pas mal.

CIMBAR.

N'est-il pas vrai? (*à part*) Il est faux : je garde le premier...

Cinq cents francs; ce n'est pas cher. (*Haut.*) Je l'ai payé vingt-cinq mille francs...Voici la clef de votre secrétaire. (*A part.*) Vingt-cinq mille francs que vaut le premier, et vingt-cinq mille francs de billets de banque que j'empoche aussi... ma journée est bonne; maintenant ce que j'aurais de mieux à faire serait de quitter Wittemberg; et cette nuit même... oui, cette nuit, je pars pour Londres; là, libre et opulent, je me ferai décidément honnête homme. Pour l'avoir été toute ma vie, il ne m'a manqué que des richesses : avec cela je l'aurais été tout comme un autre.

FAUST.

L'air que je respire est-il empoisonné? Tout à l'heure des désirs impétueux m'entraînaient; des rêves de volupté me transportaient; maintenant, une amertume profonde, un désir inquiet, un effroi secret, se mêlent au plaisir que j'éprouve. Ces joies célestes qui m'enivrent, me font trembler! La présence de cet homme que sa complaisance attache à mes pas me trouble, me tourmente; le souffle de sa bouche flétrit mon bonheur. Toujours froid et hautain, il me rabaisse à mes propres yeux... Quand je serai dans les bras de Marguerite, quand je serai brûlé du feu de ses caresses, je sentirai le malheur que je lui prépare. Ne suis-je pas un malheureux sans but, un fou sans repos? Je suis entraîné comme le torrent qui, de rochers en rochers, se précipite en mugissant, impatient d'atteindre l'abîme. Marguerite, innocente et simple, habite une cabane dans une vallée tranquille; ses vœux modestes ne s'échappent pas de son horizon; sans moi elle eût coulé si doucement sa vie.... elle eût été si facilement heureuse!.. N'est-ce pas assez que le torrent maudit arrache les rochers, les précipite dans son cours? faut-il qu'il brise aussi cette tendre fleur?... Eh bien! que ce qui doit arriver s'accomplisse! La fatalité a attaché sa destinée à la mienne; je l'entraînerai avec moi dans le bonheur ou dans l'abîme!...

CIMBAR, *les bras croisés.*

Aurez-vous bientôt fini? En avez-vous encore pour long-temps? Vous voilà tout d'une pièce comme si vous alliez monter en chaire, comme si vous aviez devant vous la métaphysique en personne vivante.

FAUST.

N'as-tu donc autre chose à faire que de me tourmenter dans mes momens les plus doux?

CIMBAR.

Hé! mais, je ne demande pas mieux que de vous laisser seul, si vous le désirez sérieusement. Je renoncerai sans regret à un homme malhonnête, à un fou si rude et si exigeant qu'on ne peut le satisfaire. J'ai beau courir, intriguer pour lui, je le trouve toujours maussade et mécontent.

FAUST.

Voilà son éternel refrain! Il exige de la reconnaissance, parce qu'il m'est insupportable!

CIMBAR.

Eh! dis-moi, pauvre fou, que serais-tu devenu sans moi? je t'ai guéri des égaremens de ton imagination qui t'entraînait à te donner la mort! Veux-tu revenir à ton ancienne folie? va-t-elle te reprendre? regrettes-tu ta vie de docteur? Mais brisons là-dessus. Je ne prétends pas vous refuser le plaisir de rêver debout; tâchez seulement que cela ne dure pas trop long-temps.

SCÈNE VI.

MARGUERITE et MARTHE, FAUST et CIMBAR.

MARGUERITE.

Ma mère et mon frère ne sont pas rentrés;... je puis encore te voir quelque temps.

MARTHE.

Ne crains rien, je ferai sentinelle.

FAUST.

Mon amie, voici quelques bijoux; ils remplaceront les premiers.

MARGUERITE.

Encore d'autres! oh! mon Dieu, comme ils sont beaux, comme ils sont fins!

MARTHE.

Ils sont d'un excellent goût! très-bien choisis!

MARGUERITE.

Cher ami, que tu es bon!... Je n'ose les toucher.

MARTHE.

J'ai toujours dit que tu aurais du bonheur. (*Elle les lui ajuste.*) Comme ils t'embellissent!... Garde-toi bien de ta mère! elle irait encore les donner à ce maudit jésuite.

CIMBAR, *à Marthe.*

Donne-nous donc de cette liqueur que tu sais et de la plus vieille... Le docteur est en partie fine ; je ne serais pas fâché de le mettre aussi un peu en goguette.

MARTHE.

Très-volontiers. En voici une bouteille dont je goûte de temps à autre, par plaisir.

CIMBAR.

Docteur, allons, une rasade! A la santé de la reine de votre cœur!

MARGUERITE.

Monsieur... (*A Faust.*) Dois-je le remercier?

CIMBAR, *remplissant son verre pour la deuxième fois.*

Franchement, la petite est gentille et ne s'en doute pas. Quel plaisir de déniaiser ses novices appas! (*Il vide son verre.*) Heureux docteur!

FAUST.

Tais-toi, misérable! ne prononce pas le nom de la beauté que j'aime; n'irrite pas mes sens, déjà trop faciles à s'enflammer!

CIMBAR, *se versant à boire.*

Oh! oh! qu'est ceci?

FAUST.

Je l'aime avec ivresse!

CIMBAR, *après avoir vidé son verre.*

Et moi aussi.

FAUST.

Je porte envie à tout ce qui la touche! j'envie l'hostie sacrée quand ses lèvres y touchent!

CIMBAR, *se versant à boire.*

A la bonne heure, mon ami! Souvent moi-même je vous ai porté envie en pensant aux lis et aux roses de son sein.

(Il vide son verre.)

FAUST.

Échappé de l'enfer! être maudit!

CIMBAR, *se versant toujours.*

Bravo! je ris de votre jalousie! (*Après avoir bu.*) Comme vous vous enflammez! comme vous vous emportez! (*Se versant à boire.*) En voulez-vous?... Quand une tête étroite est maitrisée par une passion ou par une femme (*après avoir bu*), elle vomit l'injure et la sottise. (*Se versant à boire.*) C'est un volcan! Vivent les gens comme moi!

(*Il vide paisiblement son verre.*)

FAUST.

Satan, éloigne-toi!

CIMBAR, *se versant.*

Ne vous voilà-t-il pas bien à plaindre? vous avez une maitresse charmante... (*Regardant Marthe.*) A ta santé, mignonne!

MARTHE.

Oh! pendard!

CIMBAR.

Tu feras bien de m'appeler baron : je suis noble comme un autre, tu n'en doutes pas... Regarde (*Il prend une attitude grotesque, indécente, grossière, et, faisant un geste de galérien :*) Voici l'écusson que je porte; un jour de gala on laisse voir ses cordons... (*A Faust.*) Je vous disais donc que vous avez une maitresse qui vous aime avec passion, qui vous adore; vous ne sortez pas de sa pensée, bientôt aussi vous ne sortirez pas non plus de sa chambre. Vous avez fort bien débuté, ma foi! je vous en fais mon compliment... Béni soit le fruit!... Voyez-la donc comme elle vous aime! son cœur en est tout gonflé..... Votre amour est encore un torrent qui déborde. (*Il se verse à boire.*) Aujourd'hui vous inondez son petit cœur; demain (*il vide son verre*) le torrent sera à sec.

MARGUERITE.

O le monstre!

(*Marthe retient Faust, qui veut se jeter sur lui.*)

CIMBAR.

Hé! qu'ai-je entendu? la petite a dit : « Le monstre! » Ah! ah! la Sagesse a ouvert la bouche; comme c'est joli: « Le monstre! »

FAUST.

Sors d'ici, vil rebut de la corruption et des flammes de l'enfer!

CIMBAR, *froidement.*

Est-ce fini?... J'en reviens donc où j'en étais : Votre maîtresse est adorable ; mais l'amour ne vit que d'inconstance : un beau jour vous planterez là votre ange d'innocence pour courir après de nouvelles beautés... Vous l'oublierez, et la petite finira comme tant d'autres !

FAUST.

Comme tant d'autres ! bête féroce ! (*Marthe et Marguerite le retiennent.*) Abominable monstre ! que je t'arrache la vie ! que je te foule aux pieds ! que je t'écrase !... Comme tant d'autres !

CIMBAR, *avec force.*

Vas-tu lancer la foudre ? hé ! hé ! hé ! hé !

FAUST.

Esprit de malheur et de destruction ! tu souris de malice et de rage ! tu ris d'un rire infernal !

CIMBAR, *avec calme.*

Vous êtes bien difficile ! je ne souris jamais autrement... c'est sourire de famille.

FAUST.

Oh ! mon Dieu ! toi qui m'as jugé digne de te contempler ! toi qui connais mon âme et mon cœur, pourquoi m'as-tu envoyé cet abominable démon ?

CIMBAR, *à part.*

N'est-ce pas que je t'enlace ? (*Haut.*) Voulez-vous que je vous chante une chanson morale ? vous allez entendre un vrai chef-d'œuvre.

MARTHE.

Taisez-vous, malheureux ! on va nous entendre !

CIMBAR, *chantant.*

Hé ! que fais-tu donc,
Jeune Margoton,
Devant la maison ?

(Marthe lui met la main sur la bouche. Cimbar s'en débarrassant :)

Va petite, va te confier au bon drille :
Chez lui tu peux bien entrer fille,
Fille tu n'en sortiras pas.

FAUST, se dégageant et courant sur Cimbar.

Horreur! horreur!

MARTHE ET MARGUERITE se jettent devant lui.

Henri! Faust!... au nom de Dieu, silence! vous allez nous perdre! retenez-vous! il va sortir.

FAUST.

Fuis donc! fuis, homme exécrable!

(Cimbar se verse un dernier coup tranquillement, se lève avec calme et roule des yeux affreux.)

Oh ciel! comme il roule avec colère ses yeux de feu! ce n'est pas un homme! quel monstre s'est introduit ici?

CIMBAR, avec sang-froid et désignant Marguerite.

Regarde comme elle est belle! eh bien! je l'aimais, oui, je l'aimais! je voulais te l'enlever... je vois que jamais je n'en jouirai; elle est perdue pour moi... mais elle le sera pour toi,.. oui, je soufflerai sur elle et sur toi, sur tout ce qui vous entoure, un souffle empoisonné, un souffle de mort!

FAUST.

Ne grince pas des dents, tigre, tu me fais horreur!

(Marthe et Marguerite retiennent Faust.)

MARTHE, venant de regarder par la fenêtre, s'écrie:

Silence! au nom de Dieu, silence! nous sommes perdus! on vient! sauvez-vous! non, non... par cette porte... *(à Cimbar)* entrez dans cette chambre; *(à Faust)* et vous ici. Ne faites aucun bruit! de la prudence! ou Valentin nous écraserait!

CIMBAR, à part, en sortant.

Bon! je me mettrai à la fenêtre, je ferai du bruit, le frère viendra, et nous verrons beau jeu!

(Ils sortent. On frappe à la porte.)

MARTHE.

On y va!

SCÈNE VII.

MARGUERITE et MARTHE.

MARTHE.

Remets-toi un peu... là... ne sois pas si défaite; un peu de courage; soutiens-toi;... appuie-toi contre ce meuble,... là.. bien!
(*On frappe encore à la porte.*) On y va ! (*Elle ouvre*).

SCÈNE VIII.

LISETTE, MARTHE et MARGUERITE.

MARTHE.

Hé! c'est Lisette ! (*à part*) Quelle peur elle nous a faite! (*Haut.*)
Que viens-tu faire à cette heure-ci ?

LISETTE.

Je venais voir Marguerite.... elle est devenue si rare depuis
quelque temps... On dit qu'elle a un si joli collier de perles !...
Oh ! qu'il est beau ! quel écrin! comme il brille! comme il est
riche! Oh! mon Dieu ; ma chère, où as-tu pris cela ? C'est ton
frère, sans doute ? Mais, comme tu es pâle! Tu trembles! qu'as-
tu donc ?

MARGUERITE.

Je ne sais.

LISETTE.

Serais-tu malade ? oh! ce serait bien dommage !

MARTHE.

Marguerite est indisposée , voilà tout ; elle a une migraine...
un mal de tête.

LISETTE.

Mais tu n'es pas reconnaissable! Cette parure te va pourtant
bien !.. Comment! tu es malade ?

MARGUERITE.

Ce n'est rien ; je me sens mieux...

LISETTE.

À la bonne heure ! Tu m'inquiétais...

(On entend du bruit dans la chambre où Cimbar est caché.)

MARTHE.

Quel bruit ! Ah ! mon Dieu ! il va faire quelque imprudence et nous perdre tous.

(Elle va voir.)

SCÈNE IX.

MARGUERITE et LISETTE.

LISETTE.

Tu ne sais pas !... la petite Nanette,... la chose est certaine.... on vient de me le conter :... elle s'est laissé subtiliser ! Voilà où l'ont conduite ses grands airs ! C'est la troisième du village depuis quelque temps... Voilà comme elles finissent toutes !

MARGUERITE.

Comment donc ?

LISETTE.

Son cas est mauvais !

MARGUERITE.

Qu'est-ce donc ?

LISETTE.

Oh ! une horreur ! A présent quand elle boit et mange, c'est pour deux.

MARGUERITE.

Ah ! mon Dieu !

LISETTE.

Elle n'a que ce qu'elle mérite... Que de temps elle a été pendue après ce garçon ! C'était une promenade à la campagne, un rendez-vous par-ci, un rendez-vous par-là ; et à la danse, toujours attachée à son bras ! il fallait qu'elle fût partout la première !.. Et des gâteaux, et des rafraîchissemens, Dieu ! lui en a-t-elle fait payer ! il n'y en avait que pour elle ! Elle se croyait la plus belle du village, et elle avait le cœur d'accepter de lui des présens ! Elle n'en rougissait pas !.. Toujours à se conter des fleurettes, des cajoleries...puis se faire des caresses !.. si bien qu'à la fin le pied lui a manqué !... A présent sa couronne est loin ; elle court les champs. Oh ! elle doit être fraîche !

MARGUERITE.

La pauvre fille !

LISETTE.

Plains-la encore ! Pendant que nous étions seules à filer et que le soir nos mères ne nous laissaient pas descendre, elle était assise agréablement avec son amoureux, sur le banc de la porte ou dans quelque allée... Il n'y avait pas d'heure assez longue pour elle... Qu'elle aille maintenant à l'église se confesser ; qu'elle aille faire pénitence !

MARGUERITE.

Mais son amant l'épousera sûrement.

LISETTE.

Allons donc ! pas si bête : un garçon comme lui... il ira s'en donner ailleurs ; il a bien assez d'air autre part ! Il serait bien fou !.. Il a décampé !

MARGUERITE.

Ce n'est pas bien à lui.

LISETTE.

Au reste, si elle le rattrape, cela ne fera rien ; les garçons lui arracheront sa couronne, et nous sèmerons de la paille hachée devant sa porte... Adieu, je me sauve ; je suis partie pour te voir, sans que ma mère le sût... Adieu.

(Elle sort.)

SCÈNE X.

MARGUERITE, *seule.*

Voilà donc où j'en suis réduite !... Je me suis perdue !.. Malheureuse ! qu'ai-je fait ? « Les garçons lui arracheront sa couronne. » Comment pouvais-je autrefois blâmer si durement les pauvres filles qui avaient ce malheur ? ma langue ne trouvait pas d'expression assez forte. Si noires qu'elles me parussent, je les noircissais encore : je croyais n'en avoir jamais dit assez, je faisais le signe de la croix, et je le faisais aussi grand que possible. Je marchais fière de mon innocence, et maintenant je l'ai perdue !..

mais, mon Dieu! que la cause en était douce! tout m'y entraînait!
il est si bon! hélas! et si aimable! (*On entend du bruit.*) Encore
quelqu'un! oh! mon Dieu! c'est mon dernier jour! j'en mour-
rai!... Ah!... mon frère! Dieu! dans quel état il va me voir! je
cours me cacher dans le jardin.

(Elle sort en détachant précipitamment sa parure. Valentin entre par une
porte opposée.)

SCÈNE XI.

VALENTIN, *seul.*

Un homme à la fenêtre! à cette heure-ci! il n'est que trop vrai,
ma sœur est perdue!... je n'entends rien... la porte est fermée...
cachons-nous ici, et malheur au premier qui sortira! (*Il se
retire vers l'alcôve.*) Autrefois quand j'étais à table avec mes ca-
marades, chacun d'eux vantait sa belle; c'était à qui mieux mieux.
On arrosait l'éloge d'un plein verre. Moi, les coudes appuyés sur
la table, j'écoutais tranquillement et me frottais la barbe en sou-
riant; puis, quand chacun avait fini, je prenais mon verre : « Et
» chacune vaut son prix, disais-je; mais est-il dans le pays une
» seule fille qui vaille ma chère Marguerite, ma bonne petite sœur,
» qui puisse lui être comparée? Il a, ma foi, raison, disaient-ils
» tous, c'est la perle de la contrée! » Et top! top! cling et clang!
nous trinquions tous ensemble. Personne ne disait le contraire.
Et maintenant malédiction! c'est à s'arracher les cheveux! à se
cogner la tête contre les murs! les mots couverts, les brocards
vont pleuvoir sur moi!-le dernier coquin va me goguenarder! je
suis honteux comme un banqueroutier d'autrefois, comme un
criminel! chaque parole dite au hasard me fera suer! et quand je
les hacherais tous ensemble, je ne pourrais encore dire qu'ils
en ont menti!... Mais qui approche?... ce sont eux sans doute...
si c'est lui, il ne sortira pas vivant d'ici.

(Il tire son épée et se place à une certaine distance de la porte.)

SCÈNE XII.

CIMBAR, FAUST, MARTHE et VALENTIN.

MARTHE, *entrant la première, sans voir Valentin.*

Du silence... le frère Valentin est rentré.

CIMBAR, *apercevant Valentin.*

Bon!

FAUST, *à Cimbar.*

Tigre!

MARTHE.

Ne parlez pas... marchez doucement.

(Ils vont traverser la chambre, Valentin se présente.)

SCÈNE XIII.

VALENTIN, ET LES PRÉCÉDENS.

VALENTIN, *l'épée à la main.*

Infâmes!

CIMBAR, *retenant Marthe et Marguerite, qui veulent se jeter entre eux.*

Flamberge au vent, docteur!

VALENTIN, *se mettant en garde.*

Ton tour va venir!

CIMBAR.

Ripostez!... bien! parez celle-là... celle-ci... encore...

VALENTIN.

Pare donc!

CIMBAR.

Certainement!... ne faiblissez pas, monsieur le docteur! hé!
hé! hé! hé! hé!... allons une... deux... poussez... ferme!

VALENTIN, *tombe blessé.*

O ciel!

CIMBAR.

Voilà le rustre apprivoisé!... maintenant au large!...

FAUST, *furieux.*

A ton tour, scélérat! monstre, tu ne m'échapperas pas!

(Cimbar prend Marthe entre ses bras, et, sortant à reculons, la présente aux
coups de Faust. Faust, cherchant Cimbar avec son épée :)

Exécrable démon!

CIMBAR, *tenant toujours Marthe étroitement embrassée et allant vers la
porte à reculons.*

Serviteur, docteur! Diable, comme vous y allez! c'est assez pour
aujourd'hui!

(Il s'enfuit en criant au meurtre, à l'assassin; Faust s'enfuit aussi.)

SCÈNE XIV.

MARGUERITE *accourant*, MARTHE, ET VALENTIN, *étendu à
terre.*

MARGUERITE, *essayant de le relever.*

O ciel! Valentin! mon frère!

MARTHE, *courant à la fenêtre.*

Au secours! au secours! vite! au secours!

LE PEUPLE, *dans les coulisses.*

On se querelle! on s'injurie! on se frappe! on appelle! on crie!
on se bat!

SCÈNE XV.

LE PEUPLE ET LES PRÉCÉDENS.

LE PEUPLE.

En voici un de mort!

MARGUERITE.

O malheur!

VALENTIN, *entouré de femmes.*

Je meurs! Femmes, qu'attendez-vous ici? pourquoi criez-
vous? approchez-vous et écoutez-moi : (*On se presse autour de
lui; Marguerite le soutient.*) Ma petite Marguerite, tu es encore

jeune et novice : pour vivre infâme, acquiers plus d'expérience ;
apprends mieux ce vil métier.

MARGUERITE.

Mon frère, que me dis-tu là ? oh ! mon Dieu !

VALENTIN.

Ne prononce pas le nom de Dieu !... tu as commencé à te livrer
à un homme ; bientôt tu en auras plus d'un.. puis !... quand la
honte vint au monde, on cacha sa naissance, on la couvrit du voile
de la nuit ; on la portait secrètement, on voulait l'étouffer ; mais
elle grandit et devint forte ! alors elle se montra au soleil : plus
son visage était affreux, plus elle cherchait la lumière ! Je vois
déjà le temps où les honnêtes gens se détourneront de toi ! vile
débauchée ! tu as commencé par le déshonneur, tu finiras par la
misère ! tu ne porteras plus de chaîne d'or, tu ne paraîtras plus à
l'église ni à l'autel ! tu ne brilleras plus à la danse parmi tes com-
pagnes ; c'est sur la paille, dans quelque coin obscur que tu re-
seras tes membres dégoûtans, parmi les mendians et les in-
firmes !... et quand Dieu te pardonnerait, tu n'en serais pas moins
opprobre de la terre !

MARTHE.

Recommandez-vous à Dieu !

VALENTIN.

Infâme entremetteuse ! si je pouvais t'étouffer !..

MARGUERITE.

Mon frère ! ô supplice d'enfer !

VALENTIN.

Laisse là tes larmes ! c'est en perdant l'honneur que tu m'as
porté le coup le plus terrible ! je meurs... et vais paraître devant
Dieu comme un soldat et un brave !

FIN DU TROISIÈME ACTE.

ACTE IV.

Le Théâtre représente un cachot. Il est nuit. Il fait des éclairs et du tonnerre. On entend, jusqu'à la deuxième scène, le bruit d'une lime qui ronge le fer.

SCÈNE PREMIÈRE.

FAUST et MARGUERITE.

(Ils sont enchaînés ; Faust, assis près d'elle, est dans une stupeur profonde : les bras croisés, la tête baissée, les sourcils froncés, les yeux fixes et hagards, il est muet, immobile, impassible. Marguerite étendue sur de la paille est immobile, elle semble dormir ; plongée dans l'anxiété d'un horrible délire, elle rêve qu'elle est à l'église et qu'un mauvais esprit lui dit :)

« Marguerite ! tu es à l'église ! qu'y viens-tu faire ? Les temps sont bien changés ! Autrefois tu t'approchais de cet autel, innocente et heureuse ? les yeux attachés sur ton livre, tu priais ardemment ! ton cœur ne connaissait que les jeux de l'enfance et l'amour de Dieu !... Marguerite, ce temps n'est plus ! Quelles pensées t'occupent aujourd'hui ? prieras-tu pour l'âme de ta mère, toi qui l'as fait mourir de chagrin !.. Quel est ce sang qui ruisselle dans ta chambre... ce sang qui fume encore... ce sang... de qui est-il ?... Dans tes entrailles ne sens-tu point quelques mouvemens ?• un enfant s'y agite : il viendra au monde pour son malheur et pour le tien ! sa naissance attestera ton désordre et ta honte ! » (*Essayant de se relever.*) Ne pourrai-je chasser ces pensées qui de toutes parts me pressent, me tourmentent ?... (*Elle reprend son rêve.*) » Le jour terrible est arrivé ! la trompette sonne ! les tombeaux s'ébranlent, s'ouvrent ! La foudre éclate ! les cendres de ton corps frémissent, et tu ressuscites pour les flammes de l'enfer ! »

(*Elle pousse un cri d'horreur.*)

FAUST, *toujours dans la même attitude, l'œil hagard et immobile, étend le bras, et semblant la chercher :*

Marguerite !

MARGUERITE, *essayant de se relever.*

J'étouffe ! mon cœur s'engourdit... les sons de cet orgue m'empêchent de respirer : ces chants me paralysent... Ces piliers me pressent, la voûte m'écrase... que de déchiremens dans mon cœur !... j'étouffe... de l'air ! (*Elle retombe, et reprenant son premier rêve :*) « Tu veux te cacher ! ton crime et ta honte seront connus ! De l'air, dis-tu ! de la lumière !... malheur à toi ! » (*Elle se relève et se sentant défaillir.*) Ma voisine, votre flacon !

(Elle s'évanouit.)

FAUST, *l'appelant d'une voix plus animée, étend le bras, la rencontre, et sortant de sa stupeur :*

Ah !.. pauvre Marguerite !... ô tourment !... dans l'abandon... dans le désespoir... L'aimable, l'innocente Marguerite !... elle va périr ! et son crime fut une douce erreur ! ô abîme de douleurs !

MARGUERITE, *avec effroi et voulant se dérober :*

Malheur ! malheur ! les voilà !... ils viennent ! ô mort ! que tu es affreuse !

FAUST.

Marguerite, c'est Henri ! c'est lui qui te presse !...

MARGUERITE.

Bourreau ! qui t'a donné ce pouvoir sur moi ? tu viens déjà me chercher ! il n'est que minuit... demain, au point du jour, ne sera-ce pas assez tôt ? Prends pitié de moi ! laisse-moi vivre. (*Elle se lève.*) Je suis encore si jeune, si jeune ! et je dois déjà mourir ! J'étais belle autrefois ! et cela me perd !... Mon ami était près de moi !... il est bien loin maintenant !... ma couronne est déchirée... ses fleurs dispersées, flétries... Ne me saisis donc pas si durement ! épargne-moi, que t'ai-je fait ? je ne t'ai jamais vu ! ah ! ne me laisse pas pleurer en vain !

FAUST.

Pourrai-je résister à tant de douleur ? tous les malheurs s'appesantissent sur sa tête et sur la mienne !

MARGUERITE.

Je sais que tu peux tout sur moi ; mais laisse-moi encore allaiter mon enfant! toute la nuit je l'ai pressé sur mon sein; ils viennent de me l'enlever pour m'affliger, et disent maintenant que c'est moi qui l'ai tué!

FAUST.

Ton amant est à tes pieds!

MARGUERITE, *se jetant à genoux.*

Oui, mettons-nous à genoux pour implorer les saints... vois... sous ces marches, au seuil de cette porte... ce sont les flammes de l'enfer!... et le démon qui grince les dents de colère!... il marche... écoute ses pas... quel bruit!... entends sa voix redoutable!

FAUST.

Marguerite! Marguerite!

MARGUERITE.

C'était la voix de Henri... (*Elle se lève*) où est-il? je l'ai entendu m'appeler!... je suis libre! personne ne peut me retenir... je vais voler dans ses bras, me reposer sur son cœur!... il a appelé Marguerite!... il était là, à cette porte! au milieu des hurlemens et des fracas de l'enfer, à travers les cris des damnés et les rires des démons, j'ai reconnu sa voix si douce et si tendre!

FAUST.

C'est moi-même!

MARGUERITE.

C'est toi! oh! dis-le encore une fois! (*Elle l'embrasse.*) C'est lui! oui, c'est lui!... où sont mes peines? où sont les angoisses de la prison? il n'est plus de malheur! plus de prison! plus de chaînes!... c'est toi! c'est bien toi! tu viens me délivrer!... je te suis... me voilà sauvée! Ah! nous sommes déjà... oui, je le reconnais!... c'est le jardin de Marthe! ce jardin si riant où Marthe et moi nous te vîmes... Tu veux partir? oh! reste! reste! je suis si bien avec toi! je suis si contente! (*Elle le caresse.*) Comment, mon ami, tu ne sais plus m'embrasser! tu l'as déjà oublié!... Pourquoi suis-je dans tes bras si inquiète? autrefois un mot de ta bouche, ton regard, me pénétraient des délices du ciel! tu m'embrassais à m'étouffer! oh! embrasse-moi de même! (*Elle l'embrasse.*) O ciel! tes lèvres sont froides! elles sont muettes! qu'as-tu fait de ton amour? qui me l'a ravi?

SCÈNE II.

UN INCONNU, *une lanterne sourde à la main*, FAUST ET
MARGUERITE.

FAUST.

Dieu! un homme!... Mortel audacieux, qui t'amène ici?

L'INCONNU.

Votre malheur!

FAUST.

Qu'y viens-tu faire?

L'INCONNU.

Vous sauver!

FAUST.

Il se pourrait! ô ciel! je reconnais ta puissance! (*A l'inconnu.*)
Qui donc es-tu?

L'INCONNU.

Votre ami.

FAUST.

Nous n'en connaissons pas! ton nom?

L'INCONNU.

Je viens briser vos chaînes.

FAUST, *avec une inquiète défiance.*

Ton nom?

L'INCONNU.

..Vous arracher de ces lieux.

FAUST, *avec impatience.*

Ton nom, te dis-je?

L'INCONNU.

Mon nom!... je suis...

FAUST *tourne la lanterne vers lui et reconnaît* Cimbar.

Tigre, tu nous poursuis encore!

CIMBAR.

Ne frémis pas!

FAUST.

Monstre, que la terre s'abîme et t'engloutisse !

CIMBAR.

Je vous apporte la liberté et le bonheur !

FAUST.

Le bonheur, misérable ! ta rage n'est-elle pas assouvie ?

CIMBAR.

Quand la fureur jalouse me transportait, j'étais votre mauvais génie ; maintenant que votre malheur est au comble, le repentir m'accable, me dévore ! Le délire et la rage me dominaient... eh bien ! autant d'efforts j'aurais faits pour vous perdre, autant j'en fais aujourd'hui pour vous délivrer ! vous êtes si malheureux !... O mon Dieu, permets qu'un scélérat fasse le bien de temps à autre !... Faust, je fus un misérable ! emporté par une affreuse jalousie, j'outrageai ce qu'il y a de plus beau sur la terre, ce qu'il y a de plus sacré pour toi !... j'outrageai... juge de mon repentir : je n'ose prononcer son nom !

FAUST.

Oseras-tu la regarder ?

CIMBAR.

Couple infortuné ! éloignez-vous d'ici ! l'abîme est entr'ou-vert... évitez-le ! fuyez ces lieux infects ! l'air qu'on y respire est celui de la mort !... fuyez, vous dis-je !... et je vous délivre pour toujours de mon odieuse présence ! jamais, non, jamais vous ne me reverrez !

FAUST.

Scélérat ! tu veux nous séparer ! tu veux encore assouvir tes infâmes désirs ! tu veux l'arracher de mes bras ! tu es jaloux de la voir mourir sur mon cœur ! Eh bien ! exécration ! mort ! enfer ! tu n'en jouiras pas !

(Il se précipite sur elle pour l'étrangler.)

CIMBAR, *courant à lui.*

Arrête, malheureux ! arrête, insensé ! si je voulais t'en séparer, ne le ferais-je pas dès à présent ? ces armes ne préviendraient-elles pas ta rage ? (*Il montre des pistolets et un poignard à sa cein-ture.*) Qui me retient ?... Malheureux Faust, homme impitoyable !

pour t'arracher d'ici faut-il t'implorer les mains jointes ? faut-il te supplier ? me mettre à tes genoux ? eh bien ! m'y voici !...

FAUST.

Homme étrange !

CIMBAR, *se relevant.*

Si je vous fais encore horreur, si mon odieuse existence vous fait toujours frémir, eh bien ! je vous offre ma vie ! mon sang !

FAUST.

Homme inconcevable ! je reçois ton généreux repentir ; je te pardonne.

CIMBAR.

Dieu tout-puissant, je te remercie, je ne fus jamais si heureux ! je me sens renaître !... que ce moment a de charmes !

FAUST.

Marguerite, viens dans mes bras ! sauvons-nous !

CIMBAR.

Tout est prêt... j'ai tout prévu... Une voiture vous attend ; prenez cet habit et vous ce manteau... partez vite... partez pour la Suisse... J'entends du bruit !... (*Il saisit un pistolet d'une main et un poignard de l'autre.*) On fait la ronde... je cours me cacher ici... tenez-vous prêt... je vais revenir...

(Il sort.)

SCÈNE III.

FAUST et MARGUERITE.

FAUST.

Marguerite, nous sommes sauvés ! viens, prends courage.

MARGUERITE.

Henri ! c'est toi ?... oui !...

FAUST.

C'est ton ami !

MARGUERITE.

Bien sûr ?

FAUST.

Oui.

MARGUERITE

Es-tu bien lui? bien sûrement lui?

FAUST.

C'est moi, oui, viens!

MARGUERITE.

Tu as détaché mes chaînes, tu me prends dans tes bras! D'où vient que je ne te fais pas horreur? que tu ne me repousses pas? sais-tu bien, mon ami, qui tu délivres?

FAUST.

Viens! viens!

MARGUERITE.

J'ai fait mourir ma mère de douleur!... mon enfant... je l'ai noyé! il était à toi comme à moi cet enfant!... C'est donc toi! je le crois à peine : donne-moi ta main!... non, ce n'est pas un songe! ta main si chère... ah! elle est humide! essuie-la donc! il y a du sang! ah! Dieu! qu'as-tu fait? cache cette épée, je t'en conjure!

FAUST.

Laisse-là le passé, tu me fais mourir!

MARGUERITE.

Non, tu dois me survivre!... Demain matin, tu auras soin de disposer nos tombeaux... Écoute, tu donneras la meilleure place à ma mère; tu mettras mon frère tout près d'elle, moi un peu plus loin; mais pas trop loin... et notre enfant sur mon sein droit; personne ne reposera près de moi... t'avoir pour toujours à mes côtés, c'eût été un bonheur bien doux! mais je ne dois plus y prétendre... j'ai beau me serrer contre toi, il me semble que tu me repousses violemment... c'est bien toi pourtant, et tes regards sont si tendres, si compatissans!

FAUST.

Si tu me reconnais, viens avec moi.

MARGUERITE.

Hors d'ici?

FAUST.

Hors de la prison.

MARGUERITE.

Mon tombeau est ici près : la mort m'attend, elle me guette ! si tu veux rester avec moi, viens, allons dans le même tombeau.. mais tu veux partir ? Henri, je ne puis te suivre !

FAUST.

Tu le peux, si tu le veux ; cette porte va s'ouvrir pour nous.

MARGUERITE.

Je n'ai rien à espérer sur la terre : que me servirait-il de fuir ? ils épient mon passage ! et puis se voir réduite à mendier, c'est si misérable ! et avec une mauvaise conscience encore !

FAUST.

Eh bien ! je reste avec toi !

MARGUERITE.

Vite ! vite ! sauve ton pauvre enfant ! va, suis le chemin le long du ruisseau, dans le sentier, au fond de la forêt, à gauche, à l'endroit de la bonde, dans l'étang. Saisis-le vite, il s'élève à la surface, il se débat encore, sauve-le ! sauve-le !

FAUST.

Rappelle tes esprits : nous sommes sauvés ! nous allons partir !

MARGUERITE.

Si nous avions seulement passé la montagne ! Ma mère est là, assise sur une pierre, elle branle la tête, elle ne me reconnaît pas, elle ne me fait aucun signe, elle est immobile, elle ne se réveillera plus... Autrefois elle dormait pendant nos plaisirs... c'était le bon temps alors !

FAUST.

Si mes larmes, si mes prières sont inutiles, je t'emporterai de force.

MARGUERITE.

Laisse-moi ! non, je ne souffrirai aucune violence... ne me saisis pas si violemment ! tes mains sont meurtrières ! est-ce ainsi que tu reconnais mon amour ?

FAUST.

Le jour paraît ! mon amie, ma bien-aimée !

MARGUERITE.

Le jour, oui, c'est le jour! c'est le dernier pour moi : il devait
être mon jour de noces!... ne dis à personne au moins que déjà
nous nous étions vus!... adieu, ma couronne, elle n'existe plus.
Nous nous reverrons, mais non pas dans une fête... Déjà la foule
s'assemble, se presse en silence; la place, les rues en sont pleines;
la cloche sonne, le signal est donné; ils me lient, ils me hissent
sur l'échafaud!... la hache est levée, elle tombe, chacun en ressent
le coup!

FAUST.

Maudit soit le jour de ma naissance!

SCÈNE IV.

CIMBAR, FAUST et MARGUERITE.

CIMBAR.

Pourquoi ces agitations? que de paroles inutiles! hâtez-vous!
Ah!... voici la clef de la caisse attachée à la voiture... vous y
trouverez de l'or.

FAUST.

De l'or?

CIMBAR.

Oui, deux cent mille francs.

FAUST.

D'où proviennent-ils?

CIMBAR.

Que vous importe?... de mes économies. Partez vite, partez
pour la Suisse... hâtez-vous, un moment de retard peut vous coû-
ter bien cher!

MARGUERITE, *dans la plus grande agitation.*

Quel est celui qui sort de la terre? c'est lui! lui! chassez-le!
que vient-il faire ici?

FAUST.

Nous délivrer.

MARGUERITE.

Il vient me surprendre! il me cherche!

FAUST *la saisit dans ses bras pour l'emporter.*

Tu vivras!

MARGUERITE.

Justice de Dieu, je me livre à toi! tout mon cœur est à toi! O mon père, sauve-moi! Anges, puissances célestes, rangez-vous autour de moi pour me sauver... Henri!

CIMBAR.

Vous êtes sauvés!

FAUST *à Marguerite en lui montrant Cimbar.*

Regarde-le, c'est notre libérateur!

(Marguerite sourit.)

CIMBAR.

Ah! que ne puis-je vous donner tout mon sang!

(Ils sortent tous trois.)

FIN.

IMPRIMERIE DE PLASSAN ET Cⁱᵉ,
RUE DE VAUGIRARD, N° 15.